Daniela Noitz

AF190636

Anonym

Begegnungen

Impressum:
Anonym – Begegnungen
Copyright @ 2014
2. erweiterte Auflage, 2024
Daniela Noitz
daniela.noitz@a1.net
www.nachtgedanken.at
www.nyx-nachtgedanken.blogspot.co.at

ISBN: 978-3-7597-5827-9

Verlag: BoD • Books on Demand GmbH, In de
Tarpen 42, 22848 Norderstedt
Druck: Libri Plureos GmbH, Friedensallee 273,
22763 Hamburg

INHALTSVERZEICHNIS

Anonym

„Schau mal, was ich heute im Briefkasten gefunden habe", sagtest Du wie nebenbei, während ein weißer, länglicher Umschlag in meinem Schoß landete. Langsam legte ich mein Buch zur Seite und warf einen Blick darauf.

„Dass Du überhaupt den Briefkasten gefunden hast", erwiderte ich sarkastisch, „Du warst doch sicherlich seit Ewigkeiten nicht mehr dort."

„Wozu auch? Es schreibt doch heutzutage keiner mehr Briefe, so richtig mit der Hand und mit Adresse am Briefumschlag und Briefmarke", merktest Du lächelnd an, „Aber heute hatte ich so ein Gefühl, dass da was drinnen sein könnte. Ich meine, es ist ja oft was drinnen, in dem Briefkasten, aber lauter nutzloses Zeug, doch heute, da war es dieser Brief ..."

„Und man sieht, dass Du ihn gefunden hast, so wie Du in malträtiert hast", meinte ich mit einem Blick auf die ausgefransten Ränder, „Du hast ihn einfach aufgerissen. Du und Deine Ungeduld, Deine Neugierde."

„Da redet sie mal wieder groß! Hast Du einen Brieföffner eingesteckt?", fragtest Du.

„Nein, habe ich nicht, aber ich für meinen Teil bin durchaus in der Lage einen Brief so lange ungeöffnet zu lassen, bis ich zu meinem Schreibtisch komme und dort meinen Brieföffner verwende", entgegnete ich lapidar.

„Du kannst da gar nicht mitreden, weil Du keine Briefe bekommst!", sagtest Du spöttisch. Du kamst mir vor wie eine Tennisspielerin mitten in einem Doppel beim Netz, und ich spielte Dir den Ball direkt auf den Schläger, so dass Du locker parieren konntest.

„Und was soll ich mit dem Brief?", fragte ich ausweichend, während ich den Umschlag näher betrachtete. Die Handschrift war eckig und hart, aber zumindest sehr gut leserlich.

„Denkst Du auch, dass er von einem Mann ist?", lenktest Du ab.

„Es sieht danach aus, aber mit Handschriften habe ich nichts am Hut. Ich bin ja schon froh, wenn es leserlich ist", entgegnete ich, „Aber was soll ich machen damit?"

„Lesen!", meintest Du, und es klang ein wenig genervt. Ich nahm das Blatt also aus dem Umschlag. Das wird was Aufregendes sein, dachte ich, während ich es auseinanderfaltete. „Oha, ein Dichter", entfuhr es mir unwillkürlich.

„Oder eine Dichterin!", schobst Du ein, „Halt Dich doch nicht so lange mit Nebensächlichkeiten auf und lies."

„Ein kurzes, heftiges Liebesgedicht. Gut formuliert, eindringlich, ohne schmalzig zu sein", gab ich meine Meinung ab, „Da hast Du Dir einen Verehrer eingefangen. Wer ist es? Verrat es endlich!"

„Genau das ist der Punkt", erklärtest Du ernst, „Ich weiß es nicht wer das geschrieben hat. Es ist ja nicht unterzeichnet. Aber seinen Worten nach klingt das, als würden wir uns schon ewig kennen."

„Ja, das stimmt, und Du hast wirklich keine Idee?",
sagte ich ernst. Resigniert schütteltest Du den Kopf.

War es Feigheit sich in der Anonymität zu
verschanzen? Oder war es einfach ein Versehen?
Vielleicht war der Schreiber auch bloß nicht ganz
richtig im Kopf? Natürlich, es waren schmeichelnde
Zeilen, die wohltaten, aber taten sie das auch noch,
wenn man wusste, dass man eigentlich nicht
gemeint war, sondern irgendwer anderer oder bloß
ein Hirngespinst? Könnte das nicht nach hinten los
gehen? Was würde sein, wenn sich der Schreiber
getäuscht fand? Würde er es auf seine eigene
Täuschung zurückführen oder behaupten, sie wäre
von Dir ausgegangen?

Bedächtig faltete ich das Blatt zusammen und schob
es zurück in den Umschlag. „Egal was Du vorhast,
sei vorsichtig. Das kann auch noch ins Gegenteil
umschlagen", merkte ich ernst an.
„Ach was, ich habe einen Verehrer und Du
missgönnst ihn mir oder sie. Gib es zu, Du bist bloß
eifersüchtig!", sagtest Du in Deiner gekonnt
leichtfertigen Art.
„Ich wünschte, Du hättest recht", gab ich düster
zurück.

Bereits zwei Tage später kam der nächste Brief, der
nicht mehr ganz so nett war. Sollte ich wirklich
recht behalten?

* * *

Nachdenklich sah ich Dir zu, wie Du Dich mit dem Brief in der Hand vor den Kamin setztest. Eifersüchtig? Auf Dich? Meine wunderschöne, heitere, kleine Schwester?

Ja, man könnte meinen, dass Eifersucht mit im Spiel war. Zehn Jahre warst Du jünger als ich. Und diese Jugend, voll Freude und Feuer, trugst Du wie ein Schild vor Dir her. Anmutig warfst Du Dein blondes, langes Haar zurück. Die blauen Augen blitzten. Mit Deinen knapp zwanzig Jahren hattest Du tatsächlich noch alles vor Dir. Du standest am Anfang. Nicht, dass ich meinte, dass man mit dreißig schon alt wäre, aber ich, ich kam mir alt vor. Ich war müde von diesen dreißig Jahren Leben, und bei Dir wirkte es, als hättest Du Dich zwanzig Jahre vorbereitet, um nun zu beginnen. So lange ich Dich kannte, warst Du immer diejenige, die im Mittelpunkt stand, die die Herzen der Menschen zu verzaubern vermochte. Ich kannte niemanden, der sich Deiner Anmut und Heiterkeit zu entziehen vermochte. Auch ich nicht. Ich liebte Dich, und hatte darüber hinaus auch noch das große Glück, dass Du meine Schwester warst.

Marlene war der Name, den Du Dir als Künstlernamen auserkoren hattest. Dein Taufname war Marlies, aber das war Dir wohl zu bieder. Marlene, ein Name, bei dem unweigerlich die Erinnerung an die große Marlene Dietrich mitschwingt. Darstellende Künstlerin warst Du. Manchmal dachte ich insgeheim, dass Du wohl wirklich eine Darstellerin warst, eine Lebensdarstellerin, aber darin warst Du wahrhaftig eine Künstlerin. Es war mir noch niemand begegnet, der es Dir hierin gleichtun konnte. Darstellende Künstlerin und Muse, das warst Du gerade. Du hattest noch nicht viel unternommen in Deinem jungen Leben, aber was Du unternommen hattest, das war gelungen. Vor Dir öffneten sich die Türen, die Du durchschreiten wolltest, als hättest Du diese mit zauberträchtigem Feenstaub bestreut.

„Ich werde Dich Glöckchen nennen", sagte ich unvermittelt. Du wandtest mir Dein schmales Gesicht zu, das vor Aufregung strahlte.
„Wieso das?", fragtest Du irritiert.
„Weil Du mich an die kleine Fee Peter Pans erinnerst", erklärte ich Dir, woraufhin Du auf mich zugeflogen kamst und Dich auf die Couch warfst. Ich konnte gerade noch mein Buch vor Dir retten.
„Ach, meine süße, traurige Beatrice. Du tust mir so gut. Du bringst Ruhe in mein Leben", sagtest Du, und trotz aller Positivität klang es in meinen Ohren wie ein Vorwurf.
„Eigentlich heiße ich Beatrix, und Du wirst meiner wohl bald überdrüssig sein. Es wird nicht lange dauern, und Du wirst Dich langweilen", entgegnete ich ernst.
„Wie könnte ich? Niemals werde ich Deiner überdrüssig. Du bist der Ruhepol in meinem Leben. Zu Dir kann ich immer zurückkommen", entgegnetest Du verhalten.

„Eher Ruhekissen, auf dem man einen langen, traumlosen Schlaf verbringt. Du bist ein Kind, ein verspieltes, glückliches Kind", sagte ich nachdenklich, „Ich hoffe, Du wirst noch lange in diesem Glück bleiben dürfen, aber das Leben kann auch ganz anders sein."

„Das weiß ich doch!", entgegnetest Du mit Überzeugung, „Und Du, Du siehst immer alles viel zu schwarz. Kein Wunder, ist ja auch an Dir alles schwarz. Mach doch mal ein bisschen Farbe in Dein Gesicht oder Deine Kleidung. Du wirst Dich gleich ganz anders fühlen. Aber vielleicht liest Du einfach nur zu viel, alles so abgründig und so voll schwerer Gedanken. Das macht Dir den Kopf düster und dann ist es klar, dass Du nicht mehr fliegen kannst."

„Süße kleine Marlene, Farbe und ich, das verträgt sich nicht. Natürlich weißt Du, dass es auch anders sein kann, aber Du hast es noch nicht erlebt, das ist der Unterschied. Hättest Du erlebt, was ich erlebt habe ...". doch ich brach ab. Es war nicht notwendig. „Lassen wir es, und Dich in Deinem glücksverklärten Zustand. Alles wird gut für Dich. Dafür werde ich sorgen." Gedankenverloren strich ich mit der Hand durch Dein seidiges Haar.

„Dafür werde ich sorgen. Niemand und nichts wird Dir weh tun", fügte ich hinzu. Vielleicht war es härter ausgefallen, als ich wollte, denn Du setztest Dich ruckartig auf.

„Du machst mir Angst!", sagtest Du schlicht.

„Das tut mir leid. Sei ruhig! Alles ist gut und bleibt es für Dich", erklärte ich so sanft wie möglich.

Ja, vielleicht könnte man meinen, dass ich eifersüchtig war, denn ich war ein Schatten neben Dir, kleiner, bunter Schmetterling mit den glänzenden und so verletzlichen Flügeln.

„Hast Du wieder einen Brief bekommen?", fragte ich.
„Ja!", bestätigtest Du, „Und Du wirst sehen, er wird genau so nett sein wie der erste."

* * *

Der zweite anonyme Brief wies die gleiche Handschrift auf. Es war wohl davon auszugehen, dass er vom selben Verfasser stammte. Allerdings, es wurden nur mehr so wenige Briefe geschrieben, und unter diesen musste wohl der Anteil der anonymen verschwindend sein, so dass ich daraus schloss, es wäre beinahe unmöglich von zwei verschiedenen Verfassern innerhalb von drei Tagen einen anonymen Brief zu erhalten. Vielleicht hattest Du recht und ich las tatsächlich zu viel, aber in all den Geschichten, die ich kannte, waren anonyme Briefe immer ein Vorspiel zu einer großen Tragödie. Wäre es denn denkbar, dass ein anonymer Wohltäter die Lebensumstände seiner Adressaten auskundschaftete, um sie dann mit motivierenden, aufbauenden, anteilnehmenden Botschaften zu versorgen?

Der Hund der Frau, die im obersten Stockwerk wohnte, war überfahren worden. Niemand kümmerte sich darum, weil sie mit niemandem sprach, aber am nächsten Tag war da ein anonymer Brief gekommen, der wie folgt lautete:

„Liebe Frau K.!

Anhänglich und treu ist der Hund als Gefährte des Menschen. Gestern wurde Ihr Hund überfahren. Ich kann Ihren tiefen Schmerz nachvollziehen. Allein und einsam bleiben Sie zurück, doch Sie können einem anderen Lebewesen helfen. Unten am Fluss wurden zwei Welpen ausgesetzt. In Gedenken an Ihren Struppi, nehmen Sie sich ihrer an.

Mein herzlichstes Beileid,
ein Freund.“

Und die Frau würde zum Fluss gehen und die Welpen finden und sich ihrer annehmen. Sie hätte wieder eine Aufgabe und würde den Verlust von Struppi verwinden. Darüber hinaus würden sich noch die Nachbarskinder mit ihr anfreunden. Die Eltern würden entdecken, dass Frau K. keine Hexe ist, sondern gut als Leihomi geeignet oder wozu auch immer.

Es wäre eine positive Geschichte. Nein, so etwas gibt es nicht. Wenn jemand schon so viel Energie investiert, dann in nichts Gutes. Die Motivation, seinen Mitmenschen Böses anzutun, ist weitaus größer als das Gegenteil. Ich durfte mir da nichts vormachen. Natürlich könnte man darüber nachdenken, was alles Positives geschehen könnte, würden diese Kräfte anderweitig eingesetzt, aber es war ein müßiger Gedankengang, denn das würde nur passieren, wenn der Mensch nicht mehr der Mensch wäre, der er war.

„Also, was steht in Deinem Brief?", fragte ich ruhig. „Ich weiß es noch nicht. Ich musste doch zuerst Deinen Brieföffner holen", sagtest Du lächelnd, und tatsächlich konnte ich beobachten, wie Du den Brieföffner sorgfältig anwendetest.
„So ist es viel besser", konnte ich mir nicht verkneifen anzumerken, während Du langsam den Brief aus dem Umschlag befördertest. Rasch überflogen Deine Augen die wenigen Zeilen, die noch immer in Gedichtform angeordnet waren. Dein Lächeln schwand und eine ungekannte Blässe überzog Dein Gesicht, als Du mir endlich den Zettel hinhieltst.
„Ich habe es geahnt", sagte ich leise, nachdem ich die wenigen Zeilen überflogen hatte, „Ich denke, es wird Zeit, dem ein Ende zu bereiten."
„Aber warum ist er denn plötzlich so gemein zu mir?", fragtest Du ratlos.
„Weil er Dich für jemanden hält, der Du nicht bist. Offenbar liebt er diese andere Person, doch sie hat ihn enttäuscht. Vielleicht ist sie auch nur eine Fiktion, aber dieses Schreiben beinhaltet eine unverhohlene Drohung. Ich werde das nicht einfach hinnehmen. Ich habe gesagt, dass ich Dich

beschütze, und das tue ich", entgegnete ich überzeugt.

„Was hast Du vor?", fragtest Du bang.

„Mach Dir keine Sorgen und misch Dich nicht ein. Verbrenn den Brief am besten im Kamin", schlug ich vor, „Und lass mich einfach tun, was ich zu tun habe."

* * *

Niemand darf meiner kleinen, süßen Schwester weh tun.

Viel zu lange hatte ich Dich alleine gelassen. Jetzt würde ich bleiben, zumindest in Deiner Nähe, denn ich war mir sicher, dass Du in die Stadt gehörtest und nicht hier aufs platte Land, in einen Ort mit gerade mal zehn Häusern und zwei Gaststätten. Dein Platz war dort, wo das Leben pulsierte. Die Liebe würde Dich treffen, wie mich damals. Nur Du würdest nicht davor davonlaufen, sondern sie mit beiden Händen ergreifen, so wie Du das Leben mit offenen Armen empfingst, sie Dir füllen ließt, als gäbe es kein Morgen. Und vielleicht sollte man es auch so halten, den Moment ausschöpfen bis zur Neige.

„Ich werde mich ein wenig zurechtmachen", sagtest Du leichthin, und der Brief schien völlig vergessen, der Brief, den ich noch immer in Händen hielt. Langsam legte ich ihn weg und griff nach meinem Buch.

„Gehst Du noch fort? Hast Du etwas vor heute Abend?", fragte ich wie nebenbei, eigentlich schon wieder in der Lektüre verloren, doch nicht so sehr wie sonst.

Warum eigentlich war ich damals weggegangen? Wie hatte ich das nur fertiggebracht? Damals, Dich alleine zu lassen, Hals über Kopf, gedankenlos, aber ich war auf der Flucht vor etwas, das mich sonst erdrückt hätte, dachte ich zumindest. Zehn Jahre musste ich in Irland verbringen, bevor ich den Weg zurückfand. Es waren zumindest keine schlechten Jahre, aber Du, letztendlich warst Du auf Dich alleingestellt. Natürlich, Du warst gut aufgehoben, in dem Internat während der Schulzeit, und den Sommer und die anderen Ferien verbrachtest Du bei mir auf der grünen Insel, aber letztendlich hatte ich Dich doch abgeschoben, um mein eigenes Leben zu leben.

Dabei war das, was ich mein eigenes Leben nannte, nichts weiter als eine Fata Morgana, eine Täuschung. Zehn Jahre verwendete ich darauf, sie zu fassen, zehn Jahre, bis ich es endlich einsah. Dann erst hatte ich die Kraft zurückzukehren, auch zu Dir. Ich hatte Dich um Verzeihung gebeten. Du meintest nur, dass es nichts zu verzeihen gäbe. Und ich musste zugeben, dass Du recht hattest, denn das, was ich Dir angetan hatte, das konnte man nicht verzeihen. Dachtest Du noch daran? Du warst so teilnahmslos dem allem gegenüber, dass ich es nicht auszusprechen vermochte. Die Schuld blieb. Aber hatte ich denn eine Wahl gehabt?

Ein schneidendes Geräusch riss mich aus meinen Gedanken.
„Machst Du auf?", hörte ich aus dem Badezimmer rufen, „Das muss Pünktchen sein. Sag ihm, ich bin in Null Komma Nichts fertig." Und während ich noch an Pünktchen und Anton dachte, ging ich zur Türe. „Wer bitte heißt Pünktchen?", fragte ich leichthin. „Eigentlich nennt er sich ‚Le Point Noir'. Du weißt schon, wegen der Eigenart seine Bilder mit einem schwarzen Punkt zu signieren. Du hast sicher von ihm gehört", tönte es wiederum aus dem Badezimmer, „Er will mich malen, hat er gesagt. Ich bin seine Muse." Ein helles Lachen begleitete Deine Worte, als wäre es ein guter Scherz, den er gemacht hatte. Aber wer hätte nicht von ihm gehört? Seit einigen Wochen war sein Name in aller Munde. Er wurde schon als der neue Picasso gehandelt, doch leider war es nur sein Name, der durch die Medien ging. Könnte auch sein, dass ich auf Bilder von ihm nicht geachtet hatte. Hätte ich es getan, ich wäre vorbereitet gewesen.

„Martin? Du?", fragte ich, und meine Stimme trug sie weiter, meine Unruhe, meine Angst, während jener Abend neu vor meinen Augen erstand. Nasskalt und dunkel war es gewesen, an diesem 11. November vor nunmehr über zehn Jahren. Ich sah mich stehen, an dem Ort, an dem wir uns verabredet hatten, doch Du kamst nicht. Zwei Stunden hatte ich auf Dich gewartet, und dann fasste ich einen Entschluss. Ich ging weg und wollte nie mehr wieder kommen. Doch jetzt, wo er wieder vor mir stand, jetzt war es mir, als wäre der 12. November vor zehn Jahren. Gerade mal eine Nacht lag dazwischen, schien es mir, was mir im Durchleben wie eine Ewigkeit erschienen war.

* * *

An jenem 11. November vor nunmehr immerhin zehn Jahren war es geschehen, und doch durchströmte mich dieselbe Wärme, die ich damals in seiner Gegenwart verspürt hatte. Das durfte nicht sein. Aber dann sah ich, dass die Sonne gerade unterging, die Nacht sich ankündigte. Es war die Zeit, zu der ich besonders zugänglich war für emotionale Schwingungen. Ich schob es auf diesen Umstand, um mir nicht eingestehen zu müssen, dass er mich noch immer anrührte. Eigentlich sollte ich nicht Wärme verspüren, sondern Wut.
„Warum hast Du mich damals einfach so sitzen gelassen?", hätte ich fragen können, wollte ihm vorgaukeln, es wäre mir egal. Ihm, aber auch mir. Und wozu auch noch fragen? Wozu in alten Wunden wühlen? Ich kannte ja den Grund. Er war schlicht und einfach feig gewesen. Letztendlich hatte eine andere Frau mehr Einfluss auf ihn gehabt als ich, nämlich seine Mutter. Bitterkeit sollte sich eigentlich in mir ausbreiten, aber es geschah nicht. Was blieb, war nur die Wärme.

An der Bushaltestelle wollten wir uns treffen, um miteinander durchzubrennen. Ich war so aufgeregt, dass ich zwei Stunden zu früh dort war. Still saß ich in der hinteren Ecke des Wartehäuschens, den Skizzenblock in der Hand. Ich wartete gerne, und während ich mit dem Stift in der Hand über das Papier strich, stellte ich mir unser zukünftiges Leben vor. Natürlich, es würde nicht einfach werden, aber wir waren jung und mutig. Das Leben lag vor uns wie ein unberührtes Feld, das nur darauf wartete von uns bearbeitet zu werden, so dass die herrlichsten Früchte wachsen würden. Ich hatte niemanden mehr, der auf meine Entscheidung hätte Einfluss nehmen können, außer Marlies, doch ich redete mir ein, sie sei in guten Händen, jetzt, da unsere Eltern nicht mehr da waren. Doch Martin, er hatte zu kämpfen. Seine Mutter war gegen unsere Verbindung. Zu düster, zu extravagant war ich für sie. Und das Bild, das ich bot, bestätigte wohl ihre Ansicht, aber disqualifizierte mich das automatisch als Gefährtin für ihren Sohn? Alles war vorbereitet gewesen. Die Papiere waren vollständig, so dass wir sofort heiraten hätten können. Ich ertappte mich dabei, dass mir fast ein Lächeln ausgekommen wäre bei dem Gedanken daran wie zuvorkommend er mich behandelt hatte.

„Es soll alles seine Ordnung haben, und ich möchte, dass Du weißt, dass ich immer zu Dir stehe. Wir gehören zusammen", das waren seine Worte, und dann kam der verabredete Zeitpunkt, doch wer nicht erschien war Martin.

Ich wartete. Es begann zu regnen. Wilde Blitze zuckten über den Himmel, doch ich wartete. Erst als der Morgen graute, stieg ich in den Bus und fuhr weg um einen anderen zu heiraten. Weit weg wollte ich. Niemals wieder würde ich zurückkommen, mir niemals wieder weh tun lassen, das war mein Plan, und während der nächsten zehn Jahre schaffte ich es tatsächlich, diesen Plan durchzuhalten.

„Was machst Du denn hier?", fragte Martin verdutzt.
„Ich wohne hier", gab ich lapidar zurück, „Und Du, was machst Du hier?"
„Ich wollte eigentlich zu Marlene", entgegnete er, immer noch verwirrt.
„Marlene ist meine Schwester", erwiderte ich kühl.
„Aber das kann doch nicht sein. Das ist doch nicht wahr", murmelte er vor sich hin, als Du endlich kamst und Martin umarmtest. Er hingegen, er erwiderte die herzliche Begrüßung nicht. Irritiert sahst Du zuerst ihn, dann mich an.
„Kennt ihr euch etwa?", fragtest Du stirnrunzelnd, doch wie auf ein geheimes Zeichen hin, verneinten wir beide. Du schienst nicht restlos überzeugt, aber Du warst nicht der Mensch, der sich lange Gedanken über etwas machte.
„Na, dann wollen wir aufbrechen", sagtest Du, voll unverhohlener Fröhlichkeit.
„Ich wünsche Euch viel Spaß!", hörte ich mich noch erwidern. Dann fiel die Türe ins Schloss. Langsam ging ich zurück ins Wohnzimmer und ließ mich auf die Couch fallen.

„Warum nur hast Du mir das angetan, meine eigene Schwester?", fragte ich mich, „Aber nein, Du weißt es nicht, kannst es nicht wissen."

* * *

Ich saß auf der Couch und beobachtete, wie die Nacht hereinbrach. Starr sah ich aus dem Fenster. Nichts denken, bloß nichts denken, denn meine Gedanken zogen sich bedrohlich wie eine Gewitterwolke um einen Punkt zusammen.

„Ist ja alles gut, Babu", sagte ich leise und beschwichtigend, als sich mein kleiner schwarzer Hund zu mir legte, die Schnauze auf meine Oberschenkel bettend. Doch wem wollte ich etwas vorgaukeln? Einem Menschen gegenüber war es leicht, so zu tun als ob, doch dieser kleine Hund, dem konnte ich nichts vormachen. Er ließ mich reden und machte sich doch nichts aus meinen Worten, die meinem Gemütszustand so sehr zuwiderliefen. Da klopfte es abermals an der Türe.

„Hast Du was vergessen, Marlies?", fragte ich, während ich die Türe öffnete, doch da stand nicht Marlies, sondern mein eigenes Spiegelbild. Ich wusste nicht ob ich meinen Augen trauen konnte. Babu, der mich zur Türe begleitet hatte, musste es ähnlich ergehen, denn neben der Frau, die genauso angezogen war wie ich, die gleiche Frisur hatte und sogar die obligatorischen Handschuhe trug, stand ein schwarzer Hund, der Babu zum Verwechseln ähnlichsah. Ruhig und vorsichtig beschnüffelten sich die beiden. Zumindest die Hunde waren sich schnell einig und trollten sich in den Garten.

„Guten Abend, Frau O'Fallon!", grüßte sie höflich.

„Guten Abend, Frau ....", kam es stotternd, „Es tut mir leid, aber ich kenne Ihren Namen nicht."

„O'Neill, Clara O'Neill", half sie mir aus, „Ich bin Ihre neue Nachbarin von gegenüber."

Automatisch folgte mein Blick der Richtung, in die ihr Finger wies, doch da war nur ein Hügel. Wobei das mit der Nachbarschaft in diesem kleinen Ort im Waldviertel ein dehnbarer Begriff war, da die wenigen Häuser, die es hier gab, weit voneinander entfernt standen, getrennt durch das, was hier noch im Überfluss vorhanden war, Platz. Äcker und Felder, Wiesen und Wälder, das war es, was hier das Landschaftsbild bestimmte. Dazwischen wirkten die einzelnen Häuser und Höfe wie verloren.

„Ich wusste gar nicht ...", murmelte ich sinnend.

„.... dass jemand eingezogen ist? Ja, das ist auch nicht schwer", sagte die Unbekannte ernst, „Obwohl, eigentlich kann man hier nichts geheim halten. Irgendjemand sieht immer irgendwas und trägt es ins Wirtshaus. So sind die Menschen."

„Ja, im Wirtshaus, da hätte ich es erfahren können, wenn ich denn hinginge", sagte ich kryptisch, „Sie sind Irin? Oder haben Sie auch bloß einen Iren geheiratet?"

„Nein, ich bin Irin", entgegnete sie, „Aber bis auf das, dass es hier kälter ist als in der Heimat, fühlt man sich doch gut aufgehoben, von der Weite und der Ruhe."

„Wenn man das will", merkte ich an, als mir endlich auffiel, wie unhöflich ich erscheinen musste, „Wollen Sie vielleicht hereinkommen? Auf einen Tee oder einen Whiskey oder beides?"

„Oder beides klingt gut", nahm sie meine Einladung an und folgte mir ins Wohnzimmer, wo ich ihr einen Platz auf der Couch anbot, während ich in die Küche ging, um den Tee zuzubereiten.

„Das duftet aber herrlich", sagte sie höflich.

„Ich trinke sehr gerne Tee, aber zumeist alleine", entgegnete ich, „Möchten Sie Zucker?"

„Ach ja, gerne", antwortete die neue Nachbarin.

„Ich merke gerade, ich habe den Zucker vergessen", sagte ich, verärgert über meine eigene Vergesslichkeit und ging, um den Zucker zu holen. Kurz darauf war ich wieder im Wohnzimmer. „Hier bitte!", sagte ich, und reichte ihr den Zucker. „Wann sagten Sie, sind Sie hierhergezogen?"

„Ich hatte noch gar nichts gesagt", entgegnete Clara O'Neill, „Vor sechs Monaten, kurz bevor Ihr Mann starb. Sie müssen wissen, ich kannte ihn. Sie haben ihn mir weggenommen. Nichts haben Sie gemerkt, und nun, wo Sie es wissen, müssen Sie es für sich behalten."

„Natürlich", bestätigte ich irritiert. Das war nicht schwer, schließlich wusste ich niemanden, dem ich es hätte erzählen können.

„Ich bin mir sicher, dass Sie niemandem mehr etwas erzählen werden", merkte Clara O'Neill an, während mir schwarz vor Augen wurde. War da was im Tee gewesen?

* * *

Du warst nicht nach Hause gekommen, die ganze
Nacht warst Du nicht nach Hause gekommen. Ich
war zu Bett gegangen. Seltsam, der Hund der
Nachbarin war hiergeblieben. Ich fand die beiden
Vierbeiner, nahe beieinander, schlafend. Sie hatten
sich offenbar müde gespielt, so müde, dass sie nicht
einmal mehr Hunger verspürt hatten. Morgen
würde ich ihn zurückbringen, dachte ich. Als ich am
Vormittag aufstand, warst Du immer noch nicht da,
aber Du warst jung und tatendurstig. Ich dachte mir
nicht viel dabei. Erst am frühen Nachmittag, als es
an der Haustüre klopfte, dachte ich zunächst, Du
wärst es. Aber warum klopftest Du? Du hattest
wahrscheinlich bloß Deinen Schlüssel vergessen,
doch da stand ein Mann vor der Türe, ein großer,
starker Mann. Schwerfällig wirkte er.
„Frau O'Fallon?", sagte er, und sah mich fragend an.
„Ja, die bin ich", bestätigte ich. Nicht mehr. Sah ihn
an, wartend.
„Chefinspektor Max Krämer. Darf ich
reinkommen?", fragte er, während er mir seine
Dienstmarke unter die Nase hielt. Es würde wohl
seine Ordnung haben, war ich überzeugt. Doch
hätte ich eine gefälschte Dienstmarke überhaupt als
solche erkannt? Ach was, rief ich mich selbst zur
Ordnung, so etwas gibt es doch nur in schlechten
Kriminalromanen.
„Setzen Sie sich bitte", bot ich dem Chefinspektor
an, nachdem ich ihn ins Wohnzimmer geleitet hatte,
und er kam meiner Aufforderung nach.

„Ich möchte nicht um den heißen Brei herumreden", begann er zu berichten, „Ihre Schwester, Marlies Merkado, ist heute Nacht ermordet worden."
Ein kurzer Satz, aber ich war wie betäubt.
„Das ist doch nicht möglich ... Wer sollte denn ... Wer hätte denn ... Was ist passiert?", stammelte ich, unzusammenhängend, verdattert.
„Es ist ganz eindeutig. Ich muss Sie nun bitten mir zu sagen, wo Sie letzte Nacht gewesen sind", fuhr Chefinspektor Krämer ruhig fort.
„Ich war hier", antwortete ich kurz und tonlos.
„Kann das jemand bezeugen?", fragte er.
„Sie meinen außer dem Hund?", bemerkte ich sarkastisch, „Nein, ich fürchte nicht."
„Kam niemand vorbei oder auf Besuch?", bohrte er unbeirrt weiter.
„Die Nachbarin, ja, die Nachbarin mit ihrem Hund, die war einen Sprung da, um mit mir Tee zu trinken", fiel mir ein, „und sie hat ihren Hund vergessen."
Als wenn sie auf ihr Stichwort gewartet hatten, kamen plötzlich zwei kleine schwarze Hunde ins Wohnzimmer und auf mich zugestürmt.
„Das ist also Ihr Hund und der der Nachbarin?", fragte der Chefinspektor.
„Ja, sieht sehr nach Hund aus", bemerkte ich trocken.
„Ihr Sarkasmus wird Ihnen schon noch vergehen", meinte der Chefinspektor, „Sie stehen immerhin unter Mordverdacht!"

„Was heißt ich stehe unter Mordverdacht? Sie glauben doch nicht im Ernst, ich hätte meine eigene Schwester ermordet?", erwiderte ich ungläubig.
„Doch, das glauben wir. Sie wurde mit Ihrer Haarnadel erstochen und Sie haben kein Alibi", erklärte mir Chefinspektor Krämer kurz.
„Was ist mit dem Motiv? Was hätte ich für ein Motiv gehabt?", fragte ich, krimigeschult wie ich war.
„Eifersucht! Ein klassisches Motiv", kam es postwendend zurück, während er mich ganz genau beobachtete, „oder wollen Sie bestreiten, dass Martin Rosenzweig vor einigen Jahren mit Ihnen sehr, sehr gut befreundet war?"
„Sehr gut befreundet ist vielleicht ein Euphemismus", erklärte ich lakonisch, „Doch Sie sagen es selbst, das ist Jahre her. Ich war lange fort. Zehn Jahre habe ich in Irland gelebt. Gestern Abend sah ich ihn zum ersten Mal wieder, seit ich fortging."
„Was macht das schon", sagte Chefinspektor Krämer ruhig, „Zeit hat nichts zu sagen. Manchmal festigt sie auch Gefühle, besonders, wenn sie sehr stark sind. Wann genau war die Nachbarin da?"
„Ich weiß es nicht. Ich habe keine Uhr im Haus und weiß nie, wie spät es ist", antwortete ich wahrheitsgemäß, „Es war schon dunkel."
„Nun, dann werden wir mit der Nachbarin reden. In der Zwischenzeit muss ich Sie bitten, das Haus nicht zu verlassen."
Er ging. Und ich war allein. Zuerst hatte mich mein Vater verlassen, dann meine Mutter, dann mein Mann und jetzt auch noch meine Schwester. Ich war inmitten der Dunkelheit.

* * *

Chefinspektor Krämer saß mit Magdalena März, seiner Kollegin, in einem kleinen Restaurant in der Nähe seines Büros.

„Nun, möchten Sie mir erzählen, was Sie über die Familie erfahren haben?", fragte Chefinspektor Krämer, nachdem sie fertig gegessen hatten, denn er war der Ansicht, dass man immer eine Sache nach der anderen tun sollte. Jetzt war er satt und konnte seiner Kollegin seine ungeteilte Aufmerksamkeit widmen, die auch pflichtbewusst ihr Tablet auspackte, um ihre Notizen zu öffnen.

„Die Tote heißt Marlies Merkado. In ihren Kreisen war sie als Marlene bekannt. Sie war gerade mal 20 Jahre alt, aber es wurde ihr eine große Zukunft vorausgesagt. Damit ist es jetzt ja wohl vorbei", begann Magdalena März zu berichten.

„Zukunft als was?", unterbrach sie der Chefinspektor, während er seinen Kaffee umrührte.

„Als Darstellerin, wurde mir gesagt. Was auch immer das heißen mag", antwortete Magdalena März, während sie sich fragte, warum Max Krämer ständig in seinem Kaffee umrührte, wo er weder Zucker noch Milch hineingegeben hatte, „Ihre Schwester Beatrix O'Fallon, unsere Hauptverdächtige, ist zehn Jahre älter. Die letzten zehn Jahre verbrachte sie in Irland. Nach dem Tod ihres Vaters, Stefan Merkado, hat sie Hals über Kopf das Land verlassen, um sich mit Conor O'Fallon zu vermählen. Ihre kleine Schwester überließ sie der

Obhut eines Internats. Nur in den Ferien fuhr Marlies regelmäßig zu ihrer Schwester nach Irland."

„Was war mit der Mutter?", unterbrach Max Krämer abermals.

„Das ist eine interessante Geschichte. Stefan und Anna Merkado waren mehr als ein Ehepaar. Sie scheinen so etwas wie eine symbiotische Beziehung gehabt zu haben. Man könnte sagen, Anna Merkado war ihrem Mann hörig. Zu seinem Geburtstag schickte sie die Mädchen zu einer Tante, um mit ihrem Mann alleine zu sein. Offenbar wollte sie sehr intensiv feiern und besorgte Kokain. Dieses jedoch war gestreckt. Allerdings nicht mit den gängigen Zusatzstoffen, sondern mit Strychnin. Stefan Merkado war sofort tot. Manche meinen aber auch, seine Frau hätte das Strychnin zugesetzt. Sie hatte vor, mit ihrem Mann zu sterben, damit sie ihn endlich ganz für sich hätte, dass sie immer zusammen wären, doch sie hatte die Wucht des Eindrucks unterschätzt, der sich ihr offenbarte, als er tot vor ihr lag, so dass sie sich nicht mehr rühren, nichts mehr tun konnte. Das meinte zumindest ihr Psychiater. Die Mädchen fanden den toten Vater und die Mutter, die in einem Stuhl saß und unentwegt sagte, er schlafe nur. Seitdem ist sie in der Psychiatrie", erzählte Magdalena März.

„Die Mutter hat also den Vater ermordet", fasste Max Krämer prosaisch zusammen.

„Kann man so sagen. Nur belangt kann sie dafür nicht werden, da sie nicht zurechnungsfähig ist", entgegnete Magdalena März.

„Und wenn sie ihren Zustand nur vortäuscht?",
fragte Max Krämer nachdenklich.

„Seit zehn Jahren?", fragte Magdalena März, „Ich
kann mir nicht vorstellen, dass man das zehn Jahre
lange durchhält. Schließlich wird sie regelmäßig
untersucht. Aber eines scheint sicher zu sein, der
Hang zu morden liegt in der Familie. Beatrix soll das
Temperament ihrer Mutter geerbt haben. Auch ihre
Taten zeichnen sich durch Bedingungs- und
Rücksichtslosigkeit aus. Damit komme ich zum
zweiten Mord. Gestern Abend, so erzählte Martin
Rosenzweig, der unter dem Künstlernamen Le Point
Noir bekannt ist, habe er sie zum ersten Mal seit
zehn Jahren wieder gesehen. Nach seiner
Darstellung hatte Beatrix ihn vor zehn Jahren
einfach im Stich gelassen und war quasi in ihre Ehe
geflohen, mit diesem Verleger. Allerdings glaubte
sie, dass Martin Rosenzweig sie versetzt hatte. Er
war gerade auf dem Weg zum Treffpunkt, als er von
einem betrunkenen Autofahrer angefahren wurde.
Monatelang war er im Krankenhaus, doch vor allem
hatte er keine Möglichkeit, Beatrix eine Nachricht
zukommen zu lassen, denn sie war auf und davon,
und Martin selbst wurde Tag und Nacht von seiner
Mutter bewacht, die von Anfang an gegen die
Beziehung war."

„Eine Frau von schnellem Entschluss", fasste Max
Krämer zusammen, „Es erscheint mir immer
wahrscheinlicher, dass sie es wirklich getan hat,
und dennoch, die Frau, die ich kennenlernte war
kühl und ganz und gar nicht emotional, als wäre der

Tod ihrer Schwester etwas, was mit ihr nichts zu tun hatte. Das passt nicht ganz ins Bild."

* * *

Chefinspektor Krämer rührte noch immer in seinem Kaffee um, und Magdalena März beobachtete den Löffel.

„Nun, zum eigentlichen Mordabend", nahm Chefinspektor Krämer den Faden wieder auf, „Fassen wir noch einmal zusammen, was wir wissen."

„Laut Aussage von Martin Rosenzweig holte er Marlies Merkado gegen 18.00 Uhr vom Haus ihrer Schwester und seiner ehemaligen Geliebten, Beatrix O'Fallon, ab", begann Magdalena März ihren Bericht, „Die beiden fuhren dann direkt zum Haus des Künstlers, in dem sich auch sein Atelier befindet. Er wollte einen Akt von ihr malen. Deshalb war die Tote auch nackt. Nach seinen Angaben rief ein Freund an. Er plauderte ein paar Minuten mit diesem und als er ins Atelier zurückkam, fand er Marlies Merkado tot vor, mit der Haarnadel, die ihr direkt ins Herz gestoßen worden war. Es sollte wohl nach Selbstmord aussehen."

„Gut, die Selbstmordtheorie können wir leider noch immer nicht ganz ad acta legen. Auch wenn sie einige Schönheitsfehler aufweist. Marlies Merkado, war, wenn ich Sie recht verstand, ein lebenslustiges Mädchen, das beruflich knapp vor dem ganz großen Durchbruch stand, als was auch immer, wie Sie bereits erwähnten. Sie hatte keine finanziellen

28

Sorgen und wohl auch keine emotionalen Probleme. Zumindest weist nichts darauf hin. Dazu kommt noch der fehlende Abschiedsbrief. Das sagt zwar nicht viel, aber meiner Erfahrung nach haben Selbstmörder fast immer das Bedürfnis, ihre Tat zu erklären. Als müssten sie sich im Nachhinein dafür noch rechtfertigen", ergänzte Chefinspektor Krämer, „Kurzgesagt, der Künstler fand sie, merkte, dass sie tot war und rief weder um Hilfe noch die Polizei."

„Also zumindest nicht sofort", ergänzte Magdalena März, „Schon eine eigentümliche Geschichte, finden Sie nicht auch? Er behauptete, er hätte sie zuerst noch gezeichnet, zumindest einige Skizzen angefertigt und uns erst dann verständigt. Moment, ich habe seine Aussage da. Ich lese sie schnell vor: ‚Als ich Marlene da liegen sah, so blass und ruhig und atemberaubend schön, mit diesem Ding, das aus ihrem Körper ragte, das wie ein kleiner Dolch aussah und ich merkte, dass sie sowieso tot war und niemand mehr ihr helfen konnte, da musste ich sie einfach zeichnen. Wie oft hatte ich mir gewünscht, dass ich eine Tote malen könnte. Und das war auch das schönste Abschiedsgeschenk, das ich ihr machen konnte. Ich ehrte sie, noch in ihrem Tod. Sie war so schön und ich habe sie so sehr geliebt. Wie hätte ich ihr da was antun können?' Das waren seine Worte. Und auf die Frage, ob es dann nicht logisch gewesen wäre, dass er ihren Tod herbeigesehnt, ja ihn herbeigeführt hatte, um eben das in die Tat umzusetzen, was er schon lange machen wollte, nämlich eine Tote zu malen, da meinte er nur, dass er es zwar gewünscht hatte, aber das noch lange nicht bedeute, dass er nachgeholfen hätte."

„Martin Rosenzweig hatte also die Gelegenheit, allerdings kein wirklich brauchbares Motiv. Dennoch, es muss jemand gewesen sein, den Marlies Merkado kannte, denn sonst wäre sie wohl kaum so ruhig sitzengeblieben und hätte sich einfach erstechen lassen", resümiert Chefinspektor Krämer, „Sicher, sie hatte viele Bekannte, aber wie viele hätten sich ihr nähern können, wenn sie nackt war? Eigentlich bleibt dann nur noch ihre Schwester, Beatrix O'Fallon. Die behauptet zwar zu Hause gewesen zu sein und dazwischen nur mal kurz mit dem Hund draußen spazieren gegangen zu sein, ach ja, und der Besuch der ominösen Nachbarin – wie hieß sie noch gleich?"

„Clara O'Neill", half Magdalena März aus.

„Richtig. Auch eine Irin. Treffen die sich seit Neustem im Waldviertel? Na ja, wie dem auch immer sein mag. Die müssen wir noch vernehmen, aber davon verspreche ich mir nicht viel. Jedenfalls schaut die Dame, also die Schwester, praktischerweise niemals auf die Uhr, wie sie sagte", erklärte Chefinspektor Krämer.

„Doch vor allem hatte sie ein starkes Motiv: Eifersucht", meinte Magdalena März, „Als sie erkannte, dass ihre eigene Schwester den Mann liebte, der ihr vor Jahren das Herz gebrochen hatte, wollte sie ihn zurück, koste es was es wolle. Sie fuhr ihnen hinterher und schlich sich ins Haus, was nicht schwer ist, da die Haustüre nie abgeschlossen ist,

30

wie der Herr Maler ausgesagt hat. Sie wartete bis ihre Schwester alleine war, immer noch ohne Plan, und ging zu ihr hinein. Sie wechselten ein paar Worte. Beatrix machte Marlies Vorwürfe. Diese zog es ins Lächerliche und da griff Beatrix in ihr Haar, nahm die Haarnadel heraus und erstach sie. Dann ging sie."

„Ja, durchaus möglich", sagte Chefinspektor Krämer sinnend, „Und dennoch, es gefällt mir nicht. Außerdem fehlen uns noch die Beweise."

* * *

Magdalena März hatte den großen, ausladenden Park durchschritten und besah sich nun die Psychiatrische Klinik. Es war ein weitläufiger, moderner Bau. Hell und kalt wirkte er. Ein typischer Bau, bei dem es einzig und allein um Funktionalität ging. Er wirkte wie ein normales Krankenhaus. Magdalena März öffnete das Tor und gelangte in eine große Eingangshalle. Geschäftig liefen weißgewandete Menschen herum. Jeder schien genau zu wissen, was er zu tun hatte und wo er hin wollte. Diese Geschäftigkeit wirkte dennoch nicht aufgeregt, sondern entspannt.

„Wie es Frau Merkado geht, möchten Sie wissen?", fragte die diensttuende Psychiaterin, die zwar regelmäßig in diesem Krankenhaus arbeitete, aber normalerweise nicht an einem Montag. Dennoch war sie an diesem Montag anwesend. Niemand wusste, warum sie gerade an diesem Montag zusätzlich Dienst tat. Es war absolut unüblich. Doch davon wusste Inspektor März nichts, aber dem geschulten Auge der Polizei wird es auf lange Sicht nicht entgehen, auch auf die Gefahr hin, dass dieser Teil zu einem anderen Puzzle gehört.

„Am besten machen Sie sich selbst ein Bild!", schlug Dr. del Gardo vor, und damit führte sie Frau Inspektor März zum Zimmer der Kranken, wies auf eine Türe und verschwand.

Vorsichtig öffnete Inspektor März die Türe, die Dr. del Gardo ihr gewiesen hatte. Ein Bett, ein Kasten, eine Couch, nichts weiter. Das Zimmer war ebenso kahl und kalt wie das gesamte Gebäude. Auf der Couch saß eine Frau, klein und zusammengesunken. Sie wirkte, als würde sie in sich hineinwachsen. Ihr Haar war grau, doch die Augen wachsam. Ihr Gesicht wies kaum Falten auf und stand im krassen Gegensatz zu ihrem Haar. Wie alt sie wohl sein mochte? Es war schwer zu sagen, ja beinahe unmöglich. Jemand, der nicht so genau hinsah wie Inspektor März, hätte meinen können, es handle sich um eine Puppe, so reglos saß sie da. Das einzige, was die Starre unterbrach, war der Brustkorb, der sich rhythmisch hob und senkte. Vorsichtig trat Inspektor März näher. Sie musste sich überwinden, etwas zu sagen, denn es war ihr, als würde sie eine Andacht stören. Es war dieses beklemmende Gefühl, das sie auch immer verspürte, wenn sie ein Gotteshaus betrat, ganz gleich welches, doch in diesem hier wurde das zweite Gebot penibelst eingehalten. Nirgendwo war ein Bild zu finden.

„Frau Merkado?", fragte Inspektor März, als sie sich endlich überwunden hatte, die Stille zu durchbrechen, doch so verhalten wie möglich.

„Er schläft", entgegnete die Frau auf der Couch ernst, „Er schläft, wie er noch nie geschlafen hat. Deshalb müssen alle leise sein. Sonst kann er nicht schlafen. Immerzu kommen diese Gören. Gerade wenn er einschläft. Sie passen den richtigen Moment ab und dann platzen sie ins Zimmer. Sie sind bösartig. Beide. Alle wollen mir einreden, dass Kinder sich nichts denken dabei. Aber ich weiß es besser. Sie wollen ihn zum Wahnsinn treiben, denn solange er nicht schlafen kann, verfolgen ihn die Bilder. Dann muss er etwas nehmen, um sich zu schützen, vor diesen grässlichen Bildern. Er kann es einfach nicht vergessen. Manchmal schläft er aus purer Erschöpfung ein und dann kommen die Gören und wecken ihn."

„Wer schläft?", fragte Inspektor März verwirrt.

„Mein Mann. Wer sonst?", meinte Frau Merkado, immer noch die Augen starr auf einen Punkt geheftet. Es bewegte sich nichts an ihr, außer ihrer Brust und die Lippen.

„Aber der ist seit zehn Jahren tot", merkte Inspektor März an.

„Schlaf oder Tod? Ihr jungen Leute müsst da immer so penibel unterscheiden. Dabei seht ihr gar nicht genau genug hin. Ihr seid immer so schnell fertig mit eurem Urteil. Alle haben es gesagt, aber ich lasse mich nicht beirren. Ich weiß, er schläft", sagte Frau Merkado kopfschüttelnd.

„Ihre Tochter ist gestorben. Sie wurde ermordet", fuhr Inspektor März fort.

„Gott sei Dank, dann kann sie ihn endlich nicht mehr stören", erwiderte Frau Merkado ruhig.

Die Brust hob und senkte sich. Sonst bewegte sich nichts. Inspektor März schloss die Türe.

* * *

„Nun, ich muss gestehen, Sie sind unsere Hauptverdächtige", gab Chefinspektor Krämer unumwunden zu, während er wieder mal in einer Kaffeetasse rührte, einen kleinen schwarzen Hund an seiner Seite.

„Und wie sieht mein Motiv aus, Herr Chefinspektor", sagte ich gedehnt, während ich mich noch tiefer in die Couch grub. Es langweilte mich. Meine Schwester war tot. Es änderte nur, dass ich nicht mehr für sie mitdenken musste. An meinem Leben, an seinen Abläufen, an den Erfordernissen, änderte es nichts. Natürlich war es ein großer Verlust für mich. Ich liebte meine Schwester, so wie man das eben zu tun pflegt unter Schwestern, zumal dann, wenn der Altersunterschied so groß ist. Man kommt sich nicht so leicht ins Gehege. Die kleine sieht die große Schwester als Vorbild, und die große kann die kleine bemuttern. Das bedeutet allerdings nicht, dass man allzu viele Berührungspunkte hat. Sie leben für sich und plaudern ein wenig. Es ist so leicht zu lieben, wenn man sich gegenseitig nichts anhaben kann.

„Sie sind also vor zehn Jahren nach Irland ausgewandert?", fragte der Chefinspektor noch einmal.

„Sind wir in der Schule?", fragte ich leichthin.

„Warum?", fragte er aufschauend, aber weiterrührend.

„Weil man normalerweise nur in der Schule Fragen gestellt bekommt, bei denen der Fragende die Antwort schon weiß", erklärte ich ohne großes Interesse.

„Wissen Sie was, Sie erzählen mir einfach Ihre Geschichte und ich frage nicht mehr", schlug der Chefinspektor vor.

„Es war kalt, es regnete und ich wartete. Martin und ich wollten miteinander weggehen und irgendwo ein neues Leben beginnen. Hier wäre uns das nicht möglich gewesen. Doch er kam nicht. Da dachte ich, er hat mich sitzenlassen. So rief ich Conor an. Er hatte einen Verlag in Irland. Gothik, Mystik, lauter solches Zeugs. Aber es verkaufte sich gut. Ich arbeitete schon längere Zeit für ihn. Ich machte Gothik-Comics, Text und Illustration. In den ersten beiden Jahren hatte ich nur schriftlichen Kontakt, aber nachdem alles gut funktionierte, brauchten wir uns nicht kennenzulernen. Bald schon war ich sein bestes Pferd im Stall, wie man so salopp formuliert. Zwei Monate zuvor lernte ich ihn dann auf einer Messe in Wien kennen. Er machte mir spontan einen Antrag, weil er meinte, wer gut miteinander arbeiten kann, kann auch gut miteinander leben. Ich lächelte, denn ich war ja gebunden. Er ließ sich nicht beirren und bot mir an, dass ich ihn jederzeit

35

anrufen könne, sollte ich es mir anders überlegen. Als mich nun Martin hängenließ, dachte ich daran und rief Conor an. Drei Stunden später war ich auf dem Weg nach Irland und am nächsten Tag Mrs. Conor O'Fallon. Zehn Jahre lebten und arbeiteten wir miteinander. Es war ein interessantes Leben. Mehr hatte er mir nie versprochen. Vor ein paar Monaten zogen wir auf seinen Wunsch hierher, doch er war bereits sehr krank und so starb er bald. Dann zog meine Schwester zu mir. Den Rest kennen Sie", erzählte ich schlicht, als hätte es mit mir nichts zu tun.

„Wann haben Sie erfahren, dass Martin Rosenzweig Sie nicht versetzt hatte?", fragte der Chefinspektor ungerührt und stellte mit Befriedigung fest, dass sich Bestürzung in meinen Zügen spiegelte, „Er hatte einen Autounfall, war monatelang ans Bett gefesselt und litt unter partieller Amnesie. Danach hat er Sie ganz verzweifelt gesucht."

„Das darf nicht wahr sein!", entfuhr es mir, und meine Stimme klang unangenehm kreischend, doch das war nichts im Vergleich zu dem Lärm, den der Zusammenbruch in meinem Inneren verursachte. Kurz stahl sich ein hämisches Grinsen durch die Fassade. Oder hatte Chefinspektor Krämer sich das nur eingebildet?

* * *

„Was denken Sie von der Mutter? Kann sie irgendetwas mit der Sache zu tun haben?", fragte Chefinspektor Krämer seine Mitarbeiterin

Magdalena März. Die smarte Frau mit den kurzen schwarzen Wuschelhaaren und den sanften Augen, die eigentlich so gar nicht zu ihrem Naturell passten, stand am Fenster des Büros und sah nachdenklich in den Regen hinaus.

„Seit zehn Jahren bewacht sie ihren Mann, von dem sie meint, dass er schläft. Als ich ihr vom Tod ihrer Tochter erzählte, meinte sie nur, sie wäre froh, denn so könne die Tochter ihren Vater nicht mehr wecken", schilderte Magdalena März ihre Erlebnisse.

„Also hat sie ein Motiv", entgegnete Chefinspektor Max Krämer nüchtern.

„Man könnte es so nennen, aber sie ist seit zehn Jahren nicht aus der Anstalt hinausgekommen und sie hatte darüber hinaus keinen Kontakt zu ihren Töchtern", erklärte Inspektor März, „Aber was das betrifft, habe ich etwas Interessantes gefunden. Auf dem Nachtkästchen der Mutter lag ein Stapel Briefe. Bei näherer Betrachtung erkannte ich, dass diese Briefe zwar den Absender der Tochter Beatrix trugen, aber in Wien abgestempelt worden waren. Ich fragte die diensthabende Psychiaterin danach, Dr. Valentina del Gardo. Zuerst tat sie so, als würde sie davon nichts wissen, aber letztendlich gab sie doch zu, dass sie die Briefe geschrieben hatte, damit die arme Frau nicht ganz den Kontakt zur Außenwelt verlöre, und es war gar nicht so schwer, denn in einschlägigen Kreisen gab es immer viele Neuigkeiten rund um den Verlag und die Person Beatrix O'Fallon. Sie war so was wie ein Star in der Szene, allerdings hat sie selbst nichts mehr gemacht, seit mindestens drei Jahren. Angeblich hat sie eine Blockade und sich ansonsten nur mehr dem Verlag gewidmet. Vor drei Jahren hat Conor O'Fallon ihr den Verlag übergeben und sich völlig aus dem Geschäft zurückgezogen, um sich ganz und gar seinem Hobby zu widmen, dem Whiskey."

„Also ein Säufer?", fragte Chefinspektor Krämer nach.

„Nein, Erzeuger", widersprach Magdalena März.

„Aber seltsam ist das doch, das mit den Briefen meine ich. Eine äußerst unprofessionelle Vorgangsweise von der Fr. Doktor, finde ich", fuhr Chefinspektor Krämer fort.

„Durchaus. Die ganze Beziehung scheint ein wenig seltsam. Ich habe mir erlaubt eine kleine Kamera im Zimmer von Anna Merkado zu installieren. Vielleicht erfahren wir so mehr", teilte Inspektor März mit.

„Auch nicht ganz koscher, aber nun gut. Apropos Briefe. Ich habe auch was Interessantes entdeckt. Marlies Merkado erhielt kurz vor ihrem Tode anonyme Briefe. Zwei Stück. Eine sehr markante Handschrift. Der erste war eine Art Liebeserklärung in Reimform und der zweite eine ganz offensichtliche Drohung. Vielleicht ist das unser Täter", mutmaßte Chefinspektor Krämer.

„Sie meinen, verschmähte Liebe. Kein schlechtes Motiv. Wissen wir, wer sie geschrieben hat? Fanden sich Fingerabdrücke?", fragte Inspektor März.

„Natürlich nicht, ich meine, außer die der Empfängerin", erklärte Chefinspektor März, und dachte, dass es doch manchmal nett wäre, wenn es einem der Täter so einfach machen würde.

„Jetzt haben wir also drei mögliche Täter", sagte Magdalena März seufzend, „Einen davon haben wir sicher in Gewahrsam. Die zweite sitzt auf ihrer Couch und bewegt sich nicht vom Fleck, als hätte sie nichts zu verbergen. Und den oder die dritte kennen wir nicht. Ein äußerst interessanter Fall."

Und während die beiden Polizisten die Briefe eingehend studierten, ob sie nicht doch noch etwas fänden, irgendetwas, was sie übersehen haben könnten, bekam Anna Merkado Besuch. Eine weißgekleidete Frau öffnete so leise wie möglich die Türe, trat ein und schloss dieselbe geräuschlos. Schweigen hing im Raum wie Spinnfäden.

* * *

Chefinspektor Krämer war gegangen. Ich wartete noch ein paar Minuten für den Fall, dass er es wie Columbo hielt und wieder umkehrte, aus irgendeinem fadenscheinigen Grund, doch er kam nicht wieder, zumindest an diesem Tag. Ich packte hastig ein paar Sachen zusammen und begab mich ins Nachbarhaus. Meine Lieblingsfeindin war mittlerweile aus ihrem langen Schlaf erwacht. Misstrauisch sah sie mich an. Mehr konnte sie nicht tun, denn ich hatte sie geknebelt und gefesselt. Ich hatte Groll in ihrem Blick erwartet, aber da war nur Misstrauen und letztendlich Gleichgültigkeit. Das ärgerte mich. Sie sollte sich vor mir fürchten. Eine abgrundtiefe Angst sollte sich ihrer bei meinem

Anblick bemächtigen. Doch das würde noch geschehen, denn noch wusste sie nichts. Was war das? Sah ich da ein Lächeln in ihren Augen. Ja, wahrhaftig, sie lächelte. Das war der Gipfel der Unverfrorenheit! Ich hatte ihr Leben in der Hand. Ein kleiner Griff würde genügen und sie könnte tot sein, und doch, sie lächelte. Aber da sah ich den Grund: Babu hatte mich begleitet.

„Nun, ich hoffe, Sie wissen meine Gastfreundschaft zu schätzen, Beatrix", sagte ich süffisant. Ich sah, dass sie versuchte etwas zu entgegnen, doch sie hatte ja den Knebel im Mund.

„Ach, wie dumm von mir", meinte ich kopfschüttelnd und befreite sie von dem Knebel, „Aber passen Sie auf, wenn Sie versuchen zu schreien ist der Knebel sofort wieder drinnen. Obwohl, wer sollte Sie hier schon hören?"

„Was soll das alles?", fragte Beatrix, während sie noch nach Luft japste, während Babu ihr Gesicht ableckte, was das Luftholen nicht unbedingt leichter machte.

„Sie haben mir alles weggenommen, und jetzt werde ich Ihnen alles wegnehmen, inclusive der Rolle als Ich-Erzählerin der Geschichte. Ich habe Ihren Platz eingenommen", erklärte ich leise, würdevoll, mit all der Dekadenz, die ich mir bei meinem Opfer über die Jahre abschauen konnte, „Sie sind eine verwöhnte Frau und haben alles bekommen, was sie wollten, und dann muss ich erfahren, er war nicht einmal Ihre erste Wahl. Zunächst die Rolle als Star beim Verlag, dann Conor und zum Schluss auch noch den Verlag selbst. Sie hatten ein Leben und ich hatte keines. Immer wenn ich dachte, jetzt habe ich es bald geschafft, platzten Sie herein und alles war kaputt."

„Aber wir kennen uns doch gar nicht", meinte sie ernsthaft.

„Doch, ich habe mich nur ein wenig verändert, angepasst, dass ich Ihre Rolle einnehmen kann. Mein Name, mein wirklicher Name ist Aoife Vaughan", sagte ich gedehnt, und genoss den Schrecken, der sich nun doch endlich in ihren Augen breitmachte.

„Aber das gibt es doch gar nicht. Sie sahen damals so anders aus, so so so, irisch", sagte sie fassungslos.

„Oh ja, das tat ich, aber nachdem sie mich nicht wirklich beachteten, war es nicht schwer mich einzuschleichen. Ich arbeitete schon länger für den Verlag und stand kurz davor den Durchbruch zu schaffen, als Sie kamen und mir den Triumph, der schon zum Greifen nahe war, vor der Nase wegschnappten. Conor war ich inzwischen als seine rechte Hand auch unentbehrlich geworden und es war auch nur eine Frage der Zeit, dass er mich heiraten würde, aber auch der Platz wurde neu vergeben. Von da an stand ich bei allem in der zweiten Reihe, und dann haben Sie ihm noch den Verlag abgeschwatzt, so dass er endgültig im Whiskey ertrinken konnte. Zuletzt bin ich auch noch für Sie eingesprungen. Wer meinen Sie hat unter Ihrem Namen gearbeitet, als Sie Ihre Blockade hatten? Eine namenlose Ghostwriterin. Seit drei Jahren habe ich Ihren Platz. Und jetzt nehme ich mir noch den Rest!", erklärte ich, und schmeckte, wie süß der Sieg war.

„Meine Schwester wird es merken", erwiderte sie schwach.

„Ihre Schwester wird nichts mehr merken, denn sie ist tot!", konnte ich nun endlich verkünden.

Ein langer tiefer Schrei entrang sich ihren Lippen.

* * *

Dr. Leopold Rein, Psychiater und eigentlich diensttuender Arzt im Sanatorium an den Montagen, saß zusammengekauert in seiner Wohnung. Seit er wusste, dass Marlies tot war, konnte er nicht mehr denken, nicht mehr reden, nichts mehr tun. Dr. Valentina del Gardo hatte deshalb seinen Dienst übernommen. Seit Jahren waren sie ein Paar. Alles war wunderbar gelaufen, bis diese Frau auftauchte, diese grässlich hübsche, lebenslustige Frau. Gemeinsam hatten sie ihre Vorstellung besucht. Kein Wort hatte Leopold gesagt, aber Valentina wusste, dass in seinem Kopf keine andere Frau, ja kein anderer Mensch mehr existierte als diese Marlene. Seitdem vernachlässigte er sich und alle Menschen um ihn, zuletzt auch seine Arbeit. Valentina hielt die Fassade so gut es ging aufrecht, übernahm Dienste und erklärte mit Überzeugung, dass er krank war. Er war es auch. Dieser sonst so ernste Mann, der seine Gefühle stets an der kurzen Leine gehalten hatte, war von diesem Eindruck überrollt worden wie ein Tsunami, dem er sich hilflos auslieferte. Da

42

war nichts, was sie für ihn tun konnte. Er verbrachte seine Zeit damit alle Informationen über sie zu sammeln, derer er habhaft wurde. Doch dann war das nicht mehr genug und er begann sie zu verfolgen. Bald wusste er alles über sie. Da schrieb er den ersten Brief, der so voller Hoffnung und Sehnsucht war, so voller ungelebter und ungezügelter Leidenschaft. Kurz danach musste er feststellen, dass sich ein Mann in Marlenes Leben gedrängt hatte und nun den Platz einnahm, an dem er sich gesehen hatte. Daraufhin schrieb er den zweiten Brief, der so voller Trauer und ungelebter und ungezügelter Aggressionen war. Aber jetzt wo Marlies tot war, jetzt musste man annehmen, dass er zum Kreis der Verdächtigen gehörte. Es war eigentlich nur mehr eine Frage der Zeit, dass die Polizei bei ihm auftauchen würde. Sicherheitshalber hatte er eine Spritze in der Nachttischlade liegen. Sie würden ihn nicht lebend finden. Da klopfte es an der Türe. Das mussten sie sein, dachte er. Wie in Trance ging er ins Schlafzimmer. Sekunden später brach er tot zusammen. Ein Schlüssel drehte sich im Schloss. Valentina betrat die Wohnung. Alles war still. Instinktiv wusste sie, dass etwas nicht stimmte. Es dauerte nicht lange, bis sie ihn tot am Boden seines Schlafzimmers liegend vorfand. Da war nichts mehr zu machen. Am ganzen Leib zitternd setzte sie sich auf die Bettkante. Es war ihm nicht mehr zu helfen, jetzt nicht, da er tot war, davor nicht, da er sich verloren hatte. Seine Besessenheit war schon zum Wahn gediehen. Dabei war der Wahn sein Spezialgebiet gewesen. Etliche Artikel und zwei Bücher hatte er zu diesem Thema veröffentlicht, doch trotz allem, sich selbst konnte er nicht heilen. Hätte er es je über sich gebracht einen Kollegen aufzusuchen? Ein Psychiater, der einen Psychiater aufsucht, weil er mit seinem Leben nicht zurechtkommt, mit seinem Leben und mit sich selbst? Völlig unvorstellbar. So blieb ihm wohl nur dieser Ausweg. Vielleicht hätte er noch ein paar Wochen überstehen müssen, und dann hätte sich der Wahn verloren. Vielleicht hätte er einfach nur das Gespräch mit der Schwester suchen müssen, die ihm glaubhaft versichert hätte, dass Marlene nur ein ganz normaler Mensch war. Vielleicht hätte er sie einfach kennenlernen müssen, damit er es selbst merkte, doch leider war es dazu nicht gekommen. Er war in dem Glauben gestorben, dass Marlene ein Engel war oder ein Dämon. Seine Besessenheit sprach eher für Zweiteres. Als die Polizei ihn fand war der Fall eindeutig. Am Selbstmord gab es keinen Zweifel. Niemals wurde irgendeine Verbindung zwischen Marlene und Dr. Leopold Rein hergestellt. Niemals wurde er verdächtigt, doch das tat auch nichts mehr zur Sache. Romeo und Julia waren tot, wobei nur Romeo gewusst hatte, dass er es war. Seine Julia hatte er niemals eingeweiht. Dr. Valentina del Gardo verließ die Wohnung und betrat sie nie wieder. Sie nahm sich ein kleines Zimmer und kümmerte sich aufopfernd um ihre Patienten, ganz besonders um eine Patientin. Und wenn sie nicht Dienst hatte schrieb sie lange Briefe an diese Patientin. Die kamen dann zu dem Stapel der anderen hinzu.

„Ich habe ein sehr aufschlussreiches Video",
erklärte Magdalena März, während sie den DVD-
Player in Gang setzte. Chefinspektor Krämer
wandte sich dem Bildschirm zu. Eine Couch kam in
den Blick, auf der eine Frau saß. Jetzt öffnete sich
die Türe, sehr verhalten. Man hätte es überhören
können, wenn man nicht so aufmerksam gewesen
wäre, wie die beiden Zuschauer.
„Du bist so rücksichtsvoll", sagte die Frau auf der
Couch, „Du denkst immer daran, dass er schläft."
„Oh ja, das tue ich", antwortete eine weibliche
Stimme, „Darf ich mich zu Dir setzen?"
„Ja natürlich. Bleib ein wenig bei mir, während wir
ihm beim Schlafen zusehen", bot Anna Merkado an.
Dr. Valentina del Gardo setzte sich neben Anna
Merkado, die Mutter zweier Töchter, die doch
niemals etwas anderes hatte sein wollen als die
Frau des Mannes, von dem sie immer noch meinte,
dass er nur schliefe.
„Es war ein schöner Geburtstag", begann Valentina
sachte.
„Oh ja, sehr schön. Ich hatte dafür gesorgt, dass die
Mädchen aus dem Haus sind", erzählte Anna, „Sie
haben immer gestört. Nicht mich, aber ihn. Ich
musste ihn immer mit ihnen teilen, und ich hatte
mich so darauf gefreut mit ihm allein zu sein."
„Warum haben die Mädchen gestört? Was haben sie
gemacht?", hakte Valentina nach.
„Sie waren immer so laut. Kinder sind so
unbarmherzig", erklärte Anna leise.

„Aber Beatrix war doch schon fast zwanzig. Hat sie immer noch gestört? War sie immer noch so laut?", fragte Valentina.

„Nicht mehr so als wie sie klein war, aber sie war immer da und flüsterte mir so Sachen zu. Ich glaube, sie wollte ihren Vater loswerden und mich für sich alleine haben. Ständig erzählte sie mir wie schön es wäre, wenn wir drei was unternehmen würden, also sie, Marlies und ich", erklärte Anna hastig, „Aber ich durchschaute ihre Absicht. Sie wollte mich nur losbekommen von ihm, wollte uns entzweien. Wie oft hört man doch, dass Kinder es darauf anlegen, ihre Eltern auseinander zu bringen. Sie gieren danach etwas kaputt zu machen, zuerst die Vase und die Fensterscheibe und dann die Beziehung. Kinder sind herzlos."

„Aber vielleicht wollte sie nur ein bisschen Deiner Zeit, Dich nicht auseinanderbringen, aber auch ihren Anteil an Dir haben", versuchte Valentina einzulenken.

„Nein, sie wollte mich ganz und gar, mit Haut und Haaren. Sie brauchte das nicht zu sagen. Ich wusste das. Meine eigene Mutter hat sich auf mich derart eingelassen und so verließ uns mein Vater, als ich noch sehr klein war. Sie hatte mir den Weg zu ihm versperrt, aber ich habe dennoch mein Glück gefunden, Stefan war mein ganzes Glück."

„Aber war da nicht noch etwas, was störte, ich meine an Beatrix?", blieb Valentina hartnäckig.

„Ja, manchmal war sie auch lieb zu mir, so wie Du, und sagte mir, sie wüsste eine Möglichkeit, dass wir immer zusammen wären, Stefan und ich, wo wir nicht mehr gestört würden", sagte Anna leise, „Und dann gab sie mir das weiße Pulver. Ich habe Stefan nichts gesagt. Es sollte eine Überraschung sein. Er würde sich so freuen. Ich nahm das Pulver und mischte es unters Koks. Und seitdem schläft er, seitdem sind wir wirklich zusammen."

An dieser Stelle schaltete Magdalena März das Video aus. So einfach war es gewesen.

„Diese Frau ist eine Mörderin", stellte Chefinspektor Krämer lapidar fest, „Besorgen Sie einen Haftbefehl."

„Den habe ich schon", entgegnete Inspektor März. Kurz darauf saßen sie im Auto.

* * *

Chefinspektor Krämer und Inspektor März fuhren vor. Lässig sprangen sie aus dem Auto. Einer links und eine rechts. Es bestand kein Grund zur Eile, denn Beatrix O'Fallon hatte keine Absicht gezeigt, sich zu entziehen. Aber sie fanden das Haus leer vor. Keine Beatrix O'Fallon.

„Verdammt. Ist sie doch ausgeflogen?", meinte Chefinspektor Krämer verärgert, „Sollte ich mich so geirrt haben?"

„Ich glaube nicht", entgegnete Inspektor März, „Hätte sie sonst die Haustüre offengelassen?"

„Da haben Sie recht. Die Türe war offen und der Hund ist auch weg. Wo könnte sie nur sein?"

„Vielleicht ist sie spazieren gegangen, oder hinüber zur Nachbarin", mutmaßte Inspektor März.

„Wir versuchen es bei der Nachbarin", erklärte Chefinspektor Krämer, und sie gingen über den Hügel zum Haus der Nachbarin. Als sie das Haus sahen, fragten sie sich, warum sie das eigentlich nicht schon viel früher getan hatten. Irgendetwas war merkwürdig an diesem Haus, was ihnen natürlich nicht bewusst sein konnte, nachdem es hinter dem Hügel versteckt lag.

„Fällt Ihnen was auf?", fragte Chefinspektor Krämer endlich.

„Ja, es sieht haargenau so aus wie das Haus von Beatrix O'Fallon.

„Richtig", zeigte sich Chefinspektor Krämer zufrieden.

Sie fanden die Türe nur angelehnt und traten leise ein. Die Hunde spielten wohl hinten im Garten, so dass sie nicht anschlugen. Die beiden Polizisten blieben neben der Türe stehen. Stumm wies Inspektor März ihren Vorgesetzten auf einen Spiegel hin, der es ihnen ermöglichte, das Wohnzimmer einzusehen, ohne dass sie sich von der Türe wegbewegen mussten. Sie erkannten zwei Frauen. Eine saß auf der Couch und wandte dem Spiegel den Rücken zu, während die andere geschäftig im Raum herumging. Ohne Zweifel handelte es sich um Beatrix O'Fallon. Inspektor März wollte schon hineingehen, doch sie fühlte sich zurückgehalten, so dass sie in der Bewegung innehielt.

„Hier ist der Abschiedsbrief", hörten sie mich sagen und dann sahen sie die Haarnadel in meiner Hand, doch immer noch verharrten die beiden auf dem

48

Beobachterposten. Erst als ich auf mein Opfer zuging und mein Arm zum finalen Stich ausholte, stürmten sie ins Zimmer. Ich hätte mein Werk vollendet, wenn nicht dieser verdammte Köter gewesen wäre, der mich in die Hand biss, so dass ich die Nadel fallen ließ. Im selben Moment standen die Polizisten vor mir, doch ich hob die Haarnadel auf, so schnell, dass sie nicht reagieren konnten, und bohrte sie in mein eigenes Herz.

„Ein schöner Schlamassel", stellte Chefinspektor Krämer lapidar fest, „Unsere Mörderin hat sich selbst gerichtet." Da erst fiel ihm auf, dass die Frau, die auf der Couch saß, haargenau so aussah wie die, die sie wie selbstverständlich für Beatrix O'Fallon gehalten hatten.

„Wer sind Sie?", fragte Inspektor März verwirrt.

„Beatrix O'Fallon", antwortete ich wahrheitsgemäß.

„Und wer ist die Tote?", fragte nun Chefinspektor Krämer.

„Aoife Vaughan, ehemalige Mitarbeiterin meines verstorbenen Mannes", antwortete ich kurz. Ich erzählte alles, was ich wusste, und natürlich wurde meine Geschichte von der Polizei überprüft, so dass sie sich letztendlich als wahr erwies. Ich lebte weiter, nun mit zwei Hunden Baba und Babu. Meine Schwester war tot. Ich hatte die Chance nicht genutzt die Zeit nachzuholen, die ich versäumt hatte. Es ist nicht möglich. Niemals ist es möglich irgendetwas nachzuholen. Ich lud Martin zum Tee ein, und wir sprachen über meine Schwester. Wie anders wäre es wohl gekommen, wenn ich damals nicht Hals über Kopf davongelaufen wäre? Nichts lässt sich nachholen. Ich verabschiedete ihn an der Türe. Meine Blockade war vorbei. Endlich hatte ich wieder Ideen für meine Geschichten.

Regen

Längst hatte er sich angekündigt, der Regen. Ich saß am Steg und wartete. Der volle Mond hatte sich hinter einer dicken Wolkendecke verborgen. Tropfen um Tropfen um Tropfen fielen auf mich, durchnässten mein Kleid, meine Haut, mein Haar, aber ich blieb, denn Du warst gekommen, hattest Dich im Regen neben mich gesetzt und erzähltest mir Deine Geschichte. Ich wagte es nicht, mich zu rühren, weil ich fürchtete, dass Dich meine Bewegung vertreiben könnte. Du bist scheu wie ein Reh, und doch macht Dir der Regen nichts, und auch Blitz und Donner sind Dir gleichgültig, nur die Menschen machen Dir Angst.

„Ich war siebzehn, als ich fortgehen musste", begannst Du zu erzählen, „Siebzehn Jahre. Man kann darüber streiten, ob es eine lange oder kurze Spanne Leben war, diese siebzehn Jahre. Doch wann ist man noch zu jung dafür oder doch schon alt genug, um alles zu verlieren, alles, was man je in einem Leben sein Eigen nennen konnte? Meine ganzen Besitztümer, Kleider, Bücher, Spiele, waren mir genauso genommen worden, sowie sämtliche Andenken, mein Heim und meine Familie. Nicht die Erinnerungen, denn Erinnerungen haben die verfluchte Eigenschaft, einfach in einem weiterzuleben, ob man das nun will oder nicht. Wie glücklich der, der mit einer gänzlichen Amnesie gesegnet wird, der mit allem, was er verliert auch die damit verbundenen Gedanken und Erfahrungen hinter sich lassen kann. So wie ihm das Äußere gewandelt wird in einen blanken, leeren Tisch, so legt sein Inneres noch ein blütenweißes Tischtuch darauf, als wäre der Tisch des Lebens bereit, neu gedeckt zu werden, ohne Vorgaben oder Rücksichten. Solch ein Trauma, und dennoch nicht die kleinste Gedächtnislücke. Für den, dem das Gedächtnis bleibt, ist das Leben ein verkohlter Tisch, der gedeckt war mit allem Bisherigen, das nicht verbrannte, sondern nur wegschmolz und mit dem Tisch zu eins verklumpte. Zäh wie Kaugummi und lästig wie Teer, der nicht mehr vom Schuh abgeht, wenn man einmal darein getreten ist.

Ein letzter Blick zurück auf das Haus, in dem ich aufgewachsen war, oder besser, auf den Platz, an dem es einst stand, denn da war nichts weiter geblieben als ein schwarzer Fleck, ein riesiger, schwarzer Fleck in der Wiese. Alles war im Feuer untergegangen. Am Morgen war ich zurückgekommen, denn ich hatte in dieser Nacht bei einer Freundin geschlafen. Was ich vorfand, war dieses absolute Werk der Zerstörung. Alle Dinge, die mich umgeben hatten, all die Menschen, die mit mir in diesem Haus gewohnt hatten und die ich meine Familie genannt hatte, meine Mutter, mein Vater, meine beiden Brüder, alles und alle waren ein Raub der Flammen geworden. Dinge und Menschen, Unbelebtes und Belebtes, wie doch von den Flammen alles zu eins gedrechselt wird und Unterschiede eingeebnet werden. Vielleicht gab es das ein oder andere, das nicht ganz verbrannt war,

52

aber alles war schwarz. Ich hätte suchen können, in diesen Ascheresten, nach Anhaltspunkten, aber was hätte es gebracht, außer den Schmerz zu vertiefen und die Gewissheit noch eindeutiger zu machen. Ich kam dorthin, an den mir so vertrauten Ort, und erkannte nichts wieder. Warum nur war ich gerade in dieser Nacht nicht zu Hause gewesen? Warum durfte ich nicht mit ihnen verbrennen? War es mein Schicksal, die Trauer in die Welt zu tragen oder sollte ich wie Eisen geschmiedet werden? War es denn wirklich notwendig, so grausam mit mir umzugehen? Wenn ich an so etwas wie Schicksal geglaubt hätte, vielleicht wäre es dann leichter gewesen, aber ich glaubte nicht daran. Ich konnte mich selbst nicht entlasten, mich nicht damit beruhigen, dass ich irgendjemand oder irgendetwas anderes verantwortlich machte. Nur eine kleine Änderung, und alles wäre anders gekommen, aber es war wie es war. Ich war nicht dagewesen. Das war einfach so. Nicht mehr und nicht weniger. Doch warum sah ich dann die Flammen so genau vor mir?", begannst Du Deine Erzählung, und verschwandst, weil der Regen nachließ.

Du würdest mit ihm wiederkommen.

* * *

In meinen Träumen sah ich es vor mir, immer dasselbe Bild, alles verloren, alles ein Raub der Flammen, und Du standst davor, vor dem, was einmal euer Haus war, mit nichts, als dem, was Du auf dem Leib trugst und was Du in Deiner Tasche hattest, die Du mit zu Deiner Freundin genommen hattest. Lange musste ich warten, lange die Träume ertragen, bis der Regen wiederkam und damit Du.

„Ich weiß nicht wie lange ich dort gestanden und auf das Haus gestarrt hatte. Zwei Raben saßen auf einer Trauerweide, die dicht neben dem stand, was einmal unser Haus war. Nicht das kleinste Zweiglein dieser Trauerweide war auch nur geknickt. ‚Wenn Du einen Schuldigen suchst, dann blick in Dein eigenes Herz, in Deinen eigenen Kopf', hörte ich sie krächzen. Zuerst war es nur ganz leise. Den Raben war dereinst der Gesang genommen worden, weil sie so überheblich waren, schoss es mir durch den Kopf. Angeblich können sie als Begleiter des Gottes Odin in die Vergangenheit und in die Zukunft sehen, hatte ich einmal gelesen, aber es wird auch viel Unsinn geschrieben. Zuerst war ihr Krächzen sanft, soweit sanft überhaupt ein passendes Attribut für diese Art der Lautäußerung sein kann, aber es wurde mit der Zeit immer lauter und lauter, bis es sich zu einem wilden Schrei zuzuspitzen schien. Es war eine Botschaft an mich. Aber vielleicht bildete ich es mir nur ein. Wurde mein Verstand wacher oder ich nach und nach verrückt? Konnte es denn sein, dass diese Vögel mir etwas mitteilten, in menschlicher Sprache oder legte ich ihnen nur etwas in den Mund, was in mir selbst wohnte? Ich konnte mich nicht rühren, als es zu regnen begann. Ich konnte mich nicht rühren, als der Regen fortdauerte. Die Raben schrien immer noch. Ich wollte fort, doch ich hatte vergessen, wie ich es anstellen sollte. ‚Warum nur war die Feuerwehr nicht gekommen?', schoss es mir durch den Kopf. Es kann nicht an der Nacht gelegen haben, denn für die Feuerwehr ist die eine Nacht wie die andere. Nichts konnte geändert werden. Eine müßige Frage. Ich wusste doch die Antwort, dessen war ich mir sicher, auch wenn ich sie nicht auszusprechen vermochte, noch nicht, so wie mich das Bild vom Feuer überraschte, das so eindeutig und überzeugend war, als wäre ich selbst dabei gewesen, doch das konnte nicht sein, denn ich war ja bei meiner Freundin gewesen, in der letzten Nacht. Am Morgen hatte ich mich auf den Weg gemacht, gleich nach dem Frühstück, so wie ich es meiner Mutter versprochen hatte, denn wir wollten doch noch alles vorbereiten für die Geburtstagsfeier meiner Brüder. War praktisch, wenn die Brüder Zwillinge waren. Ging sozusagen in einem Aufwaschen. Niemand hatte mich vorgewarnt, als wäre es selbstverständlich, dass ein Haus mitsamt seinen Dingen und Bewohner*innen an einem Abend steht und am nächsten Morgen nur noch ein verkohltes Stück Schwarz ist, als wäre es die einzige Möglichkeit gewesen, für dieses Haus. Niemand hatte etwas gemerkt, nur dass mir in dieser Nacht plötzlich so heiß geworden war, so unerträglich heiß. Ich erwachte, weil ich meinte zu verbrennen. Dabei war es eine eher kühle Nacht gewesen. Das Verbrennen betraf auch nicht mein Äußeres, sondern war in mir. Ich ging in die Küche, um ein Glas Wasser zu trinken. Es verdampfte, sowie es meine Lippen berührte. Ich ging wieder ins Bett. Die Flammen züngelten ungehemmt in mir. Es war sicher nur ein böser Traum gewesen. Ich stand und brannte, so wie in der Nacht. Das schrille Krächzen der Raben betäubte mich. ‚Du kannst Dich nicht für immer vor der Wahrheit verstecken', krächzten die Raben, und dann kam er endlich, der Regen, doch die Raben ließen nicht nach mit ihrem Krähen und auch das Brennen in meinem Körper nicht. Ich stand im Regen und konnte mich nicht bewegen. Endlich wurde ich gepackt und in ein Auto gesetzt. Dennoch änderte sich das Bild vor meinen Augen nicht. Ich war blind für alles andere, nur das verkohlte Etwas blieb, und die unversehrte Trauerweide mit den Raben. Endlich schwiegen sie", erzähltest Du weiter, im Regen, und endetest mit ihm.

* * *

Und Du verlorst Dich im Regen, so wie der Regen Dich zu mir getragen hatte. Woher auch immer, aus welcher Zeit auch immer. Ich hatte nie gefragt. Warst Du präsent oder ein Relikt aus einer längst vergangenen Epoche? Kamst Du von hier oder aus einer Utopie, Nichtort und Allerort? Es gibt nichts zu deuten. Nur zuzuhören.

"Und so wie ich von starken Armen in das Auto gesetzt worden war, so wurde ich auch wieder hinausgeworfen. Das Bild vor meinen Augen, die

Flammen, die ich sah, als wäre ich nicht nur dabei, sondern mitten drinnen gewesen, hatte mich den ganzen Weg begleitet. Erst als der Wagen bereits weit weg war, der Regen mich wachrüttelte, der ungehemmt strömte, fand ich wieder zu mir, die Tasche, alles, was ich hatte, fest umklammernd. 'Geh, geh über die Brücke', vernahm ich das mir bereits wohlbekannte Krächzen. Wie schnell einem etwas vertraut wird, wenn man alles Vertraute verloren hat. Man giert nach einem Haltepunkt, und wenn dies nur zwei Raben waren, schreckliche Vögel der Nacht. Tatsächlich war sie da, die Brücke, am Beginn des Waldes, eine gemauerte kleine Brücke, hinter der sich der Weg fortsetzte und in der Dunkelheit verlor, so dicht war der Wald. Ich wollte schon Folge leisten, doch da sah ich sie, am anderen Ende der Brücke, zwei Wölfe, einen schwarzen und einen weißen. Und ich schreckte zurück, und als ob die Raben meine Angst gespürt hätten, flogen sie von ihrem Baum herab und setzten sich auf den Rücken der starken Tiere, je einer auf den schwarzen und auf den weißen Wolf. Daraufhin legten sich die Wölfe nieder und sahen mich mit ihren sanften Augen an. 'Wenn ich schon alles verloren hatte, was tat es dann noch, wenn mich die Wölfe zerrissen?', dachte ich und ging über die Brücke, und als ich auf der Höhe der Wölfe war, erhoben sie sich langsam, auffallend langsam, als würden sie spüren, dass mir das Herz bis zum Hals schlug, erhoben sich, um vor mir herzugehen, mir den Weg zu weisen. Ich folgte ihnen ohne Arg. Ganz gleich wohin sie mich führen würden, in ihrer Nähe fühlte ich mich plötzlich auf eigenartige Weise sicher. Völlig ohne Zeitgefühl trottete ich hinter ihnen her, lange genug, um meine Erschöpfung noch nicht und den Regen noch immer zu spüren. Da schienen wir angekommen zu sein. Ich fand mich allein, mitten im Wald. Warum nur hatten sie mich gerade da alleingelassen? Langsam schälte es sich aus dem Dunkel, eine alte Burg, die schon vom Wald eingenommen schien, so verwachsen war sie. Es war kaum zu erkennen, wo der Wald aufhörte, und die Burg begann. Zaghaft klopfte ich. Das Pochen durchbrach das monotone Prasseln des Regens. Ein großer hagerer Mann öffnete mir die Türe und bedeutete mir, ihm zu folgen. Er führte mich in ein Zimmer, bei dem es sich anscheinend um das Wohnzimmer handelte, denn es standen eine schwere Couch und etliche andere Sitzmöbel darin, die allesamt mit weißem Leinen abgedeckt waren. Es wirkte unbewohnt, und doch befanden sich Menschen darin. Ein Feuer brannte im Kamin und sofort war das Bild wieder da, das brennende Haus, die brennenden Menschen, und mitten drinnen jemand, der mit erhobenen Armen das Feuer zu beschwören schien. Aber wer war es? Die Flammen züngelten um die Person, als wollten sie ihr eine Darbietung bringen, unterwürfig und demütig. 'Es ist gut, dass Du hier bist, denn nun bist Du endlich in Sicherheit', riss mich eine feine, klare Stimme aus dem Bild, zerriss es. Ich wandte mich in die Richtung, aus der ich die Stimme zu kommen ahnte und sah die schönste Frau, die ich je erblickt hatte. 'Ich bin Deine Tante und da Du als einzige gerettet wurdest, holte ich Dich zu mir. Meine Schwester, mein Schwager, meine Neffen ... Nun reden wir nicht davon', sagte meine Tante. Mir versagte die Stimme. Eigentlich hätte ich fragen sollen, fragen, woher sie wusste und was sie mit mir vorhatte und ähnliches, doch selbst meine Gedanken wollten sich nicht bewegen, so einnehmend war sie und erschreckend zugleich. Eine grauenhafte Ahnung beschlich mich."

Und der Regen verging, ließ mich mit mir allein bleiben, und ich wartete, wieder.

* * *

Immer noch hieltst Du es nicht aus, außerhalb des Regens, immer noch konntest Du die Wärme nicht ertragen, wolltest Du nicht vor dem Feuer erstarren, diesem inneren Bild, aber vielleicht würde Dir das Erzählen dazu verhelfen, es wieder zu können. Und es kam der Regen und Du mit ihm, beharrlich und ungehindert.

„Und ich war gefangen von diesem Wunder an Schönheit und Grazie und erschauderte gleichzeitig vor der Vollkommenheit. Ja, sie war makellos, meine Tante Morgana, Schwester meiner Mutter. Ich fühlte mich zu ihr hingezogen, und gleichzeitig abgestoßen. Es drängte mich zu ihr, und doch wurde mir in ihrer Gegenwart kalt, eiskalt, so dass selbst das Bild vom Feuer vor meinen Augen zu gefrieren schien. Meine Mutter war nicht halb so schön wie sie gewesen, aber doch, wie viel wohler fühlte man sich in ihrer Nähe, denn meine Mutter hatte Wärme und Herzlichkeit ausgestrahlt. Jetzt erst fiel mir auf, dass eigentlich nie von meiner Tante gesprochen worden war, solange ich mich entsinnen konnte. Ich hatte lediglich gewusst, dass es sie gab. Es schien so etwas wie ein geheimes Einverständnis zu herrschen, dass über diese Frau nicht gesprochen wurde. ,Du wirst bei uns bleiben, Morrigan', riss mich meine Tante aus meinen Gedanken, ,Ich biete Dir meine Gastfreundschaft und eine Unterkunft.' ,Ich glaube nicht, dass ich bleiben möchte', entgegnete ich voller Überzeugung. Sicher, ich wusste nicht, wo ich sonst hinsollte, aber hier, hier wollte ich auf gar keinen Fall bleiben. Lieber im Wald übernachten, im dunklen schaurigen Wald. Doch da waren die Wölfe. Vielleicht kämen sie wieder, mich zu beschützen. ,Ich möchte gehen', sagte ich fest, doch da fuhr Tante Morgana auf mich zu. Jetzt erst bemerkte ich, dass sie im Rollstuhl saß. So sehr hatte sie mich eingenommen, dass ich sogar so etwas Auffälliges zu übersehen vermochte. ,Ich denke nicht, dass Du eine Wahl hast', zischte sie leise zwischen den Lippen hervor, als sie knapp vor mir zum Stehen kam und die Eiseskälte, die von ihr ausging, mich taumeln ließ. ,Doch, ich werde einfach gehen', antwortete ich. ,Schade. Wirklich sehr schade. Ich hatte gehofft, wir könnten das freundlich regeln, aber ganz egal ob Du willst oder nicht, Du wirst bleiben. Niemand verlässt mich, dem ich es nicht erlaube', sagte sie geradeheraus. ‚Deshalb sitzt Du wohl auch da drinnen, weil sich jemand was nicht gefallen lassen wollte!', entgegnete ich scharf. ‚Ich kann mir vorstellen, dass Du nicht viel von mir weißt. Aus irgendeinem Grund hat meine Schwester nicht über und nicht mit mir gesprochen. Dabei habe ich sie doch so geliebt', begann sie zu erzählen, ‚Und dennoch hast Du mit Deiner Vermutung voll danebengetroffen. Niemand vor Dir wollte mich je verlassen. Alle verfielen mir und meiner Schönheit. Dass ich nun meine Beine nicht mehr benutzen kann, das verdanke ich jemandem, der mich nicht loslassen wollte. Bevor er sich aus dem Fenster zu Tode stürzte, stieß er mich die Treppe hinunter. Was für ein Schwächling. Richtig peinlich. Völlig unverständlich, dass ich diesem Menschen je erlaubt hatte Gefühle für mich zu hegen. Ja, Gefühle haben sie bald einmal, aber die Konsequenzen, die wollen sie alle nicht tragen. Das ist der Fluch der Schönheit. Alle, alle sind mir verfallen. Zuletzt wagte ich mich nicht einmal mehr vor die Türe. Der einzige, der unbeeindruckt davon war, war Dein Onkel, aber er ist auch blind. Deshalb war er auch der Einzige, der für mich in Frage kam, der Einzige, der meiner würdig war. Außer Deiner Mutter hatte bis jetzt niemand um das Geheimnis meines Unfalles gewusst und sie hat dieses Wissen mit ins Grab genommen. Leider bliebst Du übrig. Du weißt es nun auch. Deshalb kann ich Dich nicht gehen lassen, nie mehr wieder. Du hast nur die Wahl freiwillig zu bleiben oder mit Zwang. Egal wie, bleiben wirst Du. Und mach keinen Versuch zu fliehen. Wir sind mitten im dichtesten Wald. Du hättest keine Chance', vergaß sie nicht zu erwähnen. Doch ich dachte an die beiden Raben, an die beiden Wölfe. Kurz besann ich mich. Hier war niemand offenbar außer einer Frau im Rollstuhl und einem Blinden. Was konnten die mir schon anhaben? Also lief ich zurück zum Tor, doch da fühlte ich mich gepackt. Starke Arme umwanden mich, und so sehr ich mich auch wehrte, ich hatte keine Chance mich zu lösen. Er war vielleicht blind, mein Onkel Ernst, aber deshalb nicht schwach. Sein Griff war unerbittlich. So schleifte er mich gut 100 Stiegen eine steile Treppe zu einem Turmzimmer hinauf, in dem er mich einschloss. Und die Dunkelheit hatte Erbarmen mit mir."

So sehr ich auch hoffte, Du würdest weitererzählen, ich könnte Dich halten, der Regen ließ nach und Du entkamst mir, wie das vom Wind verwehte Blatt.

* * *

Lange ließ er auf sich warten, der nächste Regen, der Dich zu mir tragen sollte, wochenlange Dürre, dabei war so viel offengeblieben. Was war mit Dir weiter geschehen, allein und verlassen eingesperrt in diesem Turmzimmer.

„Ich tastete mich durch das kleine Zimmer und fand ein Bett, auf das ich mich fallen ließ. Gnädig ummantelten mich die Müdigkeit und der Schlaf, der traumlos blieb. Ich erwachte, als die Sonne durch das kleine Turmfenster schüchtern ihre Strahlen schickte. Nun konnte ich auch den Raum sehen. Ein Bett, ein Tisch, ein Stuhl. Mehr war nicht darinnen. Bei der Türe stand ein Tablett. Offenbar hatte jemand daran gedacht, dass ich essen müsste, doch ich beschloss dieses Angebot nicht anzunehmen und einfach liegen zu bleiben, bis irgendetwas geschehen würde. ‚Du musst essen', hörte ich plötzlich eine wohlbekannte, krächzende Stimme in meinem Kopf. Durch das Fenster waren sie unvermittelt hereingekommen, meine Begleiter seit jener Nacht. ‚Du musst bei Kräften bleiben', krächzte der andere in meinem Kopf. ‚Und wozu? Alles habe ich verloren, um jetzt hier eingesperrt zu sein. Wozu sollte ich weiterleben? Wozu sollte ich bei Kräften bleiben?', schleuderte ich ihnen entgegen. ‚Die weiß ja nun wirklich gar nichts', krächzte der eine Rabe in meinem Kopf und schüttelte wild sein Gefieder. ‚Aber eigentlich ist ihr kein Vorwurf zu machen. Sie haben ihr auch nie was erzählt. Woher soll sie irgendetwas wissen, das arme Mädchen', kam das Krächzen in meinem Kopf vom anderen Raben. ‚Nun hör mal zu Morrigan, Du bist bestimmt, mindestens vier Menschen das Leben zu retten und eine schreckliche Wahrheit aufzudecken. Nichts darf im Verborgenen bleiben, ganz gleich wie viele Jahre es her ist oder wie sicher sich die Schuldigen fühlen. Es muss gesühnt werden', wandte sich nun jener Rabe an mich. ‚Und das alles soll ich bewerkstelligen, hier in dem Turmzimmer?', fragte ich, ohne die geringste Hoffnung zu hegen. ‚Du wirst es noch früh genug erfahren', begann der erste Rabe von Neuem, ‚Aber jetzt musst Du essen.' Und ich aß. Vielleicht, weil ich anfing, wieder Hoffnung zu schöpfen, mitten in einer Situation, die aussichtsloser nicht sein konnte, aber andererseits, konnte es genau darum eigentlich nur mehr besser werden, und es stimmte, ich konnte das doch nicht einfach so mit mir geschehen lassen. Die Raben blieben bei mir, und ich fühlte mich nicht mehr so verlassen. Sie erzählten mir von dem Wald, der uns umgab, von den Wölfen, die mit ihnen gingen und dem Schmerz von den Menschen so verachtet zu werden, nur weil sie nicht so schön wären oder so schön singen könnten wie andere Vögel. ‚Menschen lassen sich immer nur vom Äußeren leiten', sagte der eine Rabe abschließend. ‚Aber damit nicht genug', fügte der andere hinzu, ‚Nicht nur, dass sie uns hässlich nennen, sie geben uns auch die Schuld an allem möglichen Unglück. Sehen uns als Vorboten für das Schlechte, als wenn wir was dafürkönnten. Dabei durften wir dereinst sogar auf den Schultern des Gottes Odin sitzen, der unsere Gaben zu schätzen wusste.' ‚Die Gabe in die Vergangenheit und in die Zukunft zu sehen', ergänzte nun der erste Rabe. ‚Was bringt es in die Vergangenheit zu sehen?', fragte ich verwirrt, die kennt man doch schon. ‚Deine Sicht, nur Deine, aber wir haben das Ganze im Auge', erklärte der eine Rabe. ‚Dann erzählt mir, was in der letzten Nacht wirklich geschah und wie es weitergeht', verlangte ich begierig. ‚Du wirst es erfahren, wenn Du es erträgst', erwiderte der zweite Rabe lapidar. So verging der Tag, und auch

64

diesmal schlief ich rasch ein, doch etwas weckte mich, mitten in der Nacht, ein Hämmern und Wehklagen, das mir in den Ohren dröhnte. Es tönte von oben herunter. Da musste noch ein Zimmer sein. Es klang so jammervoll und hoffnungslos, beinahe, als wäre demjenigen dasselbe wie mir widerfahren. War das vielleicht meine Aufgabe? War das der Grund, warum ich hier gelandet war?"

Und wieder ließt Du viele Fragen offen, als Du lautlos wie eine Katze in der Nacht verschwandst.

* * *

Immer war es dasselbe Bild. Wie Du das nur ertrugst, immer im Regen zu sein? Nach und nach fror ich immer mehr, aber meine Begierde, Deine Geschichte zu hören, war größer als mein steigernder Unwille gegen den Regen. Und Du kamst, verlässlich, mit dem Regen.

„Ich lag in meinem Bett und musste es mitanhören, das Wüten und Wehklagen, musste mitanhören und litt mit. Wie lange er wohl so wütete, dort über mir? Ich konnte es nicht sagen, ohne Uhr, ohne Anhaltspunkt, denn das Fenster war zu klein, um den Stand des Mondes zu sehen. Selbst der Mond war mir keine Hilfe. Es war, als hätte sich mir die ganze Welt verweigert, und die, die mir blieb, wurde im Bild des Feuers verschlungen, doch so sehr es mir auch ins Herz schnitt, das Wehklagen war wohl auch meine Rettung. Ich begann wieder Leben in mir zu spüren, das mit dem Wunsch erstand für den da zu sein, der sich wand, gepeinigt von einem tiefen Schmerz. Da sein, vielleicht sogar helfen. Doch wie sollte ich zu ihm gelangen? Wie sollte ich ihn erreichen? Es war eine helle Nacht, ruhig und belebend, eigentlich. Die Raben saßen neben meinem Bett, den Schnabel unter dem Flügel versteckt, schlafend. Beneidenswert, diese Ruhe und Ausgeglichenheit. Wenn ich schlief, dann nur, wenn mich die Erschöpfung überrollte, wenn der Körper sein Recht forderte, mit aller Eindeutigkeit. 'Wer schläft liebt nicht', schoss es mir durch den Kopf. 'Und wer nicht schläft liebt nicht, denn er stirbt', fügte mein Kopf hinzu. Aber ich wollte dort hinauf, wollte wissen. Doch wie sollte ich es anstellen? Da fiel mein Blick abermals auf die Raben. 'Ihr müsst aufwachen', gebot ich eindringlich, 'Aufwachen und dort hinauffliegen. Sagt mir, was da vor sich geht.' Und sofort flogen sie los, als hätten sie nur auf meinen Auftrag gewartet. 'Dort oben ist ein Mensch, vielleicht ein Mann', berichtete der erste Rabe, als sie zurückkehrten. 'Es ist nicht eindeutig, denn er trägt eine Maske. Er liegt auf dem Bett und windet sich, als litte er fürchterliche Schmerzen. Wir haben ihm erzählt, dass Du da bist, dass Du mit ihm sprechen willst.' 'Und was hat er geantwortet?', fragte ich ungeduldig. 'Er sagte nur ein Wort: Kamin. Mehr war aus ihm nicht herauszubringen', sagte der erste Rabe. 'Kamin', schoss es mir durch den Kopf und mein Blick suchte fieberhaft die Wände ab. Endlich entdeckte ich ihn, den Kamin. Es war nicht leicht, ihn als solchen zu erkennen, denn es handelte sich um nichts weiter, als eine kleine, dunkle Öffnung, die darauf hinwies. Langsam ging ich darauf zu. Es brannte kein Feuer. Ich rief hinauf, und tatsächlich, eine schwache Stimme antwortete, zaghaft. 'Hallo?', drang es fragend zu mir herab, gezeichnet von der Erschöpfung. 'Erzähl mir von Deinem Schmerz', lud ich ihn ein. 'Das will ich tun, wenn Du mir zuvor sagst, wer Du bist und was Du hier machst', kam es langsam zurück. 'Ich bin Morrigan, die Nichte der Burgherrin. Letzte Nacht habe ich alles verloren Dann hat sie mich hier eingesperrt', antwortete ich hastig. 'Und ich bin Mochridhe, ihr Sohn', tönte es gedehnt zurück. 'Der eigene Sohn, eingesperrt in diesem Turm, auch noch mit einer Maske!', entgegnete ich erschrocken. 'Woher weißt Du das? Hat sie es Dir erzählt?', fragte er irritiert. 'Nein, kein Wort', sagte ich rasch, 'Meine Raben haben es mir berichtet. Aber jetzt erzähl mir Deine Geschichte.' 'Ich habe es wohl versprochen. Nun muss ich es einlösen. Alles begann in dem Jahr, als ich mich vom Jüngling zum Mann wandelte. Ist meine Mutter wunderschön, so bin ich noch schöner. Ist ihre Stimme betörend, so ist meine noch betörender. Alles, was sie an sinnlichen Vorzügen zu bieten hat, ist bei mir noch ausgeprägter. Und wenn jemand, der ihrer ansichtig wurde, sie sprechen hörte, sich bewegen sah, sie nie wieder vergessen konnte, so war es den Menschen, die mich sahen, nicht mehr möglich, ohne mich zu leben. Das ist der Fluch der Schönheit', sagte er seufzend."

"Bleib doch noch", versuchte ich Dich zu halten als der Regen ging, doch Du warst nicht so weit, noch nicht.

Bei allen Versuchen Dich zu halten, blieb meine
Hand leer. Niemand lässt sich halten, wer nicht von
sich aus bleiben will, und doch trieb es auch Dich zu
mir, wenn der Regen kam, einen Platz zu finden, zu
erzählen. Es war wohl der einzige, den Du hattest.

„Ich konnte es mir nicht vorstellen, was er meinte,
der ‚Fluch der Schönheit'. Natürlich gab es so etwas
an Menschen, was wir schön zu nennen pflegen,
aber wer weiß schon so genau, was das sein
mochte. Wenn man nachfragte, was denn an dem
Menschen so besonders schön sei, so vermochte
niemand auf eine Art zu antworten, die
befriedigend genannt werden könnte. Es gibt keine
festgeschriebenen, allgemein gültigen Kriterien für
Schönheit, so wie es sie für andere Krankheiten
gibt. Aber was hebt solche Menschen unter anderen
hervor? Was macht sie so besonders? Und der dort
über mir, der behauptete von sich, nicht nur schön
zu sein, sondern so schön, dass jede ihm angeblich
verfiel und nicht mehr von ihm loskam. ‚Morrigan?
Bist Du noch da? Oder bist Du nur eine Einbildung?',
hörte ich nun eine Stimme von oben, die alles Weh
abgelegt hatte und nun so sanft klang wie ein
Wiegenlied. ‚Ja, ich bin noch da', antwortete ich
leise, mich von der Stimme umfassen lassend.
‚Möchtest Du weitererzählen?', fragte ich nach
einigen Momenten der Stille. ‚Wenn Du das willst ...',
stimmte er zu, um dann fortzufahren, ‚Ich weiß
nicht, wie lange es her ist, denn hier oben im Turm

verliert die Zeit jegliche Bedeutung, fließt zuerst Tag in Nacht, Tage ineinander, dann Wochen, Monate, bis sie ein zäher, klebriger Teig werden. Alles eins. Manchmal ist es kalt, manchmal warm. Manchmal ist es trocken, manchmal feucht. Sonst ändert sich nichts. Ich war in dieser Burg aufgewachsen und scheute die Welt außerhalb des Waldes. Was hatte ich auch mit ihr zu schaffen, wo ich doch hier alles hatte, was mein Leben bereicherte? Eines Tages verirrte sich ein junges Mädchen in unserem Wald, und als ob das nicht genug gewesen wäre, ging an diesem Tag auch noch ein furchtbares Unwetter nieder. Frierend und völlig durchnässt klopfte sie bei uns an. Außer meinen Eltern hatte ich noch niemanden gesehen, und als sie da so stand, erschien sie mir wie ein Engel, mit ihren langen, goldenen Haaren. Ich wollte sie besitzen, sie zu meinem Eigentum machen. Mehr noch, ich wollte, dass sie nie mehr von mir lassen konnte. Und so geschah es. Mit all ihrem Sein verfiel sie mir, konnte nicht mehr leben, nicht mehr denken, nicht mehr atmen ohne mich, und ich ließ es mir gerne gefallen. Es schien für sie auf der Welt nichts zu geben als mich. Ihre Welt war ich. Anfangs wähnte ich mich glücklich, aber nach und nach wurde ich ihrer überdrüssig. Die ständige Aufmerksamkeit, die permanente Umsorgung ging mir ziemlich auf die Nerven, so dass ich sie fortschickte, denn ich hatte das Gefühl ersticken zu müssen unter dem harten Griff ihrer Liebe. Ich musste mir eingestehen, dass ich nichts für sie empfand, nichts ,was ihren Gefühlen für mich auch nur annähernd ähnelte. Wie ein Jäger schien ich zu sein, der der Sache überdrüssig ist, sobald er die Trophäe in der Hand hält, und in meinem Fall war es kein Geweih, sondern ein lebendiges, schlagendes, menschliches Herz.

Mein Herz war meins
bis zu dem Tag
da ich Dich sah.
Jetzt ist es Deins
weiß nicht, was es war,
was mir geschah.

So sagte sie, als sie ging, an jenem Tag, da ich sie fortschickte, stieg hinauf auf den höchsten Turm, von dem sie sich hinabstürzte. Ich hob sie auf, diesen toten Körper, doch ich empfand nicht einmal mehr Mitleid, nur noch Widerwillen und Ekel. So wandte ich mich ab. Toter Körper neben toten Blättern. Die Würmer würden sich schon um sie kümmern. Ich jedoch war infiziert. Ich war begierig wieder jemanden zu besitzen, jemanden von mir abhängig zu machen, denn das war der einzige Weg mich lebendig zu fühlen.' An dieser Stelle hielt er inne. Mir war kalt geworden, so kalt, und doch war ich noch nicht sicher was daran glaubhaft wäre."

Und am Ende des Regens und des Erzählens stand wie immer Dein Fortgang.

* * *

Stetig fielen die Tropfen. Von Mal zu Mal wurde ich begieriger, die Geschichte weiter zu hören, und von Mal zu Mal erfülltest Du mir diesen Wunsch, wie in dieser Nacht.

„Was für ein Wahnsinn! Es konnte doch nicht sein, dass ein Mensch einem anderen derart verfällt, dass er nicht mehr sein kann, dass er sich eher in den Tod stürzt, als ohne diesen Menschen weiterzuleben, und das nur aufgrund einer läppischen Äußerlichkeit. Schönheit? Das geht doch vorbei. Spielt es denn irgendeine Rolle? Vielleicht, aber die dürfte doch nur eine marginale sein, denn wie schnell vergeht so etwas wie Schönheit, abgesehen davon, dass diese von jeder ein wenig anders beurteilt wird. Doch da fielen mir die Bilder von kreischenden Mädchen ein, die beim Anblick irgendeines Typen reihenweise in Ohnmacht fielen und noch mehr verrückte Sachen machten. War es denn wirklich so abwegig? ‚Du glaubst mir nicht', kam Mochridhes Stimme von oben. ‚Das wäre wohl zu viel gesagt', entgegnete ich diplomatisch, ‚Ich kann es mir nur schwer vorstellen.' ‚Das kann ich gut verstehen. Wer weiß, vielleicht würde ich mir diese Geschichte ja selbst nicht glauben, wenn es nicht gerade meine wäre. Ja, ich wünschte, ich müsste sie nicht glauben, denn dann wäre es nicht meine', merkte er an. ‚Und nachdem dies passiert ist, schloss Dich Deine Mutter im Turm ein, um zu verhindern, dass so etwas nochmals passiert?', versuchte ich nun zu unserem eigentlichen Thema zurückzukehren. ‚Weit gefehlt', entgegnete

Mochridhe rasch, und ich meinte so etwas wie ein Lachen auszumachen, das voller Häme und Verbitterung war, aber womöglich hatte ich mich geirrt. Was hätte es da auch zu lachen gegeben? ‚Meine Mutter amüsierte sich köstlich über diesen Vorfall, so köstlich, dass sie mir am nächsten Tag bereits ein weiteres Mädchen zuführte, der es ebenso erging wie der ersten. Wohl waren wir einige Monate glücklich miteinander, aber es ging nur allzu schnell vorbei. So hatte ich alsbald das Leben von vier Mädchen auf dem Gewissen. Vielleicht stimmte ich zunächst meiner Mutter zu, und sah es als Spiel, das regelmäßig ein Menschenleben kostete, aber nach und nach wurde mir bewusst, was ich da anrichtete. Es waren schließlich keine Puppen, die man bespielt und nach einer Zeit, wenn sie einem nicht mehr gefallen, achtlos wegwirft, sondern lebende, fühlende Menschen. Ich wusste, dass es falsch war, und doch war ich mittlerweile süchtig danach geworden, auf diese Weise bewundert und geliebt zu werden', erzählte er weiter, und ein tiefes Grauen erfasste mich. ‚So bat ich meinen Vater mich in diesen Turm zu sperren und mir als zusätzliche Sicherheitsmaßnahme diese Maske anzulegen, die ich selbst nicht öffnen kann', schloss er seinen Bericht. ‚Aber Du kannst doch nicht für alle Ewigkeiten dort oben bleiben', merkte ich nun an, ‚Gibt es denn keinen Ausweg, keine Hoffnung?' ‚Doch, es gäbe einen Ausweg, eine Hoffnung', gab er zurück. ‚Und wie sieht dieser Ausweg aus?', fragte ich schnell. Doch ich bekam keine Antwort mehr. Ich hörte noch das Knarren der Türe über mir, wildes Gepolter, leise, zischende Laute, dann wieder Ruhe. Offenbar war ihm das Essen gebracht worden, doch der, der es brachte schien zu verweilen. Und ich brannte darauf mehr zu erfahren, doch ich musste mich in Geduld fassen. Wie lange es wohl dauern würde? Die beiden Raben saßen stumm auf den Bettpfosten und der Wind trug mir das wehklagende Heulen der Wölfe zu. Was hatte das zu bedeuten? Hatte es etwas zu bedeuten? Ich blieb sitzen und achtete darauf, dass sich das Knarren der Türe wiederholen, dass Mochridhe wieder alleine sein würde und mir endlich sagen könnte, was zu tun sei. Doch das Geräusch kam nicht. Da war nichts außer dem Heulen der Wölfe. Irgendwann schlief ich ein, am Boden neben dem Kamin. ‚Mochridhe, das bedeutet doch, mein Herz. Wie passend!‘, rann es mir zäh durch den Kopf."

Und auch mir bliebst Du die Antwort schuldig, bis zur nächsten Nacht, denn der Regen blieb.

* * *

Prasselnd und schwer fiel er auf den Steg, der Regen. Ich schlug vor, dass wir uns unter die Trauerweide setzten, zumindest das. Du warst einverstanden.

„Ein leises Klopfen weckte mich. Der Kopf tat weh und der Rücken, doch meine Neugierde war größer als der Schmerz, so blieb ich sitzen und lauschte. Kam noch ein Klopfen oder hatte ich es mir nur eingebildet? Nein, da war ein weiteres. ‚Mochridhe‘, sagte ich zaghaft, ‚Bist Du da? Kannst Du mit mir reden?' ‚Ja, ich bin da. Mein Vater hat die Nacht bei mir verbracht. Es scheint, als fliehe er meine Mutter, doch jetzt bin ich wieder alleine.' ‚Dann sag mir welchen Ausweg es gibt!', bat ich. ‚Du erinnerst Dich an das Gedicht, das sie sagte, immer wieder, das Mädchen, das sich vom Turm stürzte?

Mein Herz war meins
bis zu dem Tag
da ich Dich sah.
Jetzt ist es Deins
weiß nicht was es war,
was mir geschah.',

fragte er, und es schien ein Versuch zu sein, auszuweichen. ‚Ja, ich erinnere mich', gab ich ungeduldig zurück. ‚Es könnte noch weitergehen, so in etwa:

Doch findest Du in Eins
ein Herz, das nicht erlag
ist die Erlösung nah.

Darin liegt der Schlüssel, die Erlösung und auch die Gefahr', setzte er kryptisch hinzu. ‚Wenn ich es recht verstehe, so musst Du nur ein Mädchen finden, das Dir nicht erliegt, sondern es zu einem wahren Miteinander kommt?', fragte ich vorsichtig. ‚Du hast es verstanden. Ich wusste, Du würdest es verstehen, von Anfang an', sagte er leise, als wäre es nicht wahr, sondern nur ein Satz, den er lange eingeübt hatte, für den Fall, dass er ihn würde sagen können, obwohl er die Hoffnung schon aufgegeben hatte. ‚Niemals darf man die Hoffnung aufgeben', preschte ich vor, als da wieder das Bild des brennenden Hauses war und ich mir eingestehen musste, dass es doch einen Punkt gibt, an dem man alle Hoffnung fahren lassen muss, weil da nichts mehr ist als Tod und Ende, doch das behielt ich für mich, denn schließlich war das mein individuelles Erleben. Nach wie vor dachte ich, dass es doch nicht so schwer sein könne, jemanden zu finden, der seiner Schönheit nicht hilflos ausgeliefert war, als mir ein Gedanke kam: ‚Ich möchte es probieren. Ich möchte sehen, ob ich der Ausweg für Dich sein kann.' ‚Nein, das lasse ich nicht zu!', erwiderte Mochridhe entschieden, ‚Du bist seit so unendlich langer Zeit der erste Mensch, mit dem ich reden kann. Ich will Dich nicht gleich wieder verlieren.' ‚Aber warum? Willst Du denn für alle Ewigkeiten dort oben bleiben? Was ist mir denn noch geblieben, was es lohnte weiterzuleben? Meine Familie ist tot. Wäre es nicht schön ihnen folgen zu können, nachdem ich doch noch glückliche Momente verbringen durfte? Letztlich kann ich nur gewinnen, zumindest meine Erlösung, aber es kann auch sein, dass wir uns beide befreien', versuchte ich zu bedenken zu geben. ‚Lass mich darüber nachdenken', erklärte er, und er schien nun auch ein wenig Hoffnung zu schöpfen, ‚Sag mir nur das eine noch: Wie war Deine Begegnung mit meiner Mutter?' ‚Nicht sehr spektakulär. Ich fühlte mich jedoch nicht angezogen von ihr, eher wurde mir kalt in ihrer Nähe', antwortete ich wahrheitsgemäß. ‚Das ist ein gutes Zeichen', sagte er langsam, offenbar jedes Wort abwägend, ‚Dennoch, lass Dir Zeit. Fürs Verderben ist es immer noch früh genug, ebenso wie für die Erlösung. Du musst Dir der möglichen Konsequenzen bewusst sein, sonst lasse ich mich gar nicht erst darauf ein. Ich will niemandem mehr Schmerz zufügen.' ‚Meinst Du, es gäbe auf dieser Welt irgendeinen Schmerz, der größer wäre als der, den ich tagtäglich aufs Neue durchleide?', fragte ich spöttisch. ‚Doch den gibt es', erklärte er trocken. ‚Dann möchte ich ihn erleben, dass er den ersten tilgt', gab ich zurück, und ich hörte, wie er aufstand und sich vom Kamin entfernte."

Hattest Du es nicht bemerkt? Es hatte zu regnen aufgehört, nur die Luft roch noch immer nach Regen. Du warst zu spät gegangen.

* * *

Du hattest den Regen hinter Dir gelassen und kamst in der nächsten Nacht, obwohl die Sonne alles aufgetrocknet hatte. Ich verlangte keine Erklärung, war nur froh, dass Du da warst, um Deine Erzählung fortzusetzen.

„Immer wieder gingen mir die Worte durch den Kopf:

Doch findest Du in Eins
ein Herz, das nicht erlag
ist die Erlösung nah.

Immer wieder überlegte ich mir das Für und Wider. Doch vor allem sah ich ihn dort oben sitzen, den der so schön war, dass ihm die Menschen mit Haut und Haaren, Geist und Seele verfielen, dass sie sich nicht mehr aufrecht und alleine zurechtfinden konnten. Wenn niemand kam, so dachte ich, müsste er für den Rest seines Lebens dort oben bleiben und es wäre vertan gewesen. Andererseits, wen wollte man dieser Gefahr aussetzen. Jemanden, dessen Leben sowieso schon zu Ende ist, der lebendig tot ist, so jemanden wie mich, dachte ich. Würde ich es schaffen mich nicht gänzlich vereinnahmen zu lassen, so hätte ich ihn gerettet und alles wäre gut. Er bekäme sein Leben zurück, könnte frei und unabhängig sein, und ich hätte noch einmal etwas Gutes getan, hätte zumindest jemand anderem sein Leben zurückgeschenkt, denn meines sah ich als unwiederbringlich dahin gegangen. Was hatte ich also wirklich zu verlieren? Eigentlich konnte ich nur gewinnen, nämlich die Kraft meinem Leben ein Ende zu setzen, diesem elenden Dasein, das ich zu fristen hatte. Und ich hatte zumindest die Möglichkeit gehabt, ein anderes Leben aus der Versenkung zu befreien. Sollte es mir allerdings gelingen, sein Herz zu berühren, so wäre zumindest er gerettet. Vielleicht, so hoffte ich wohl auch insgeheim, konnte er mir über meinen Schmerz hinweghelfen, waren wir doch in einer ähnlichen Lage. Ich war entschlossen, fest entschlossen, so dass ich vorsichtig beim Kamin klopfte. ‚Morrigan?', kam es fragend durch den Kamin. ‚Ja, ich bin es, und ich möchte es wissen ob ich diejenige bin, die Dir

Ausweg sein kann', sagte ich unumwunden. ,Ich weiß nicht, ob ich das annehmen darf', gab er zurück. Seiner Antwort folgten das Krächzen der Raben und das Heulen der Wölfe, als würde sie mit ihm einer Meinung sein, als wollten sie mir zurufen, ich sollte es nicht tun, doch ich wollte es unbedingt. Festentschlossen mich von nichts und niemandem mehr von meinem Vorhaben abhalten zu lassen, setzte ich Mochridhe meine Überlegungen auseinander. Immer wilder krächzten die Raben und immer lauter heulten die Wölfe. Ich sah ihnen in die Augen, diesen beiden Raben, und da war so etwas wie ein Erkennen, doch ich schüttelte es ab, denn das konnte nicht sein, konnte einfach nicht sein. So verstaute ich mein Erkennen irgendwo ganz weit hinten in meinen Gedanken. ,Mochridhe', sagte ich langsam, jedes Wort betonend, als wäre es ein heiliger Eid, den ich ablegte, ,Ich will es wagen, unbedingt.' ,Aber ich habe Angst um Dich. Da sind schon so viele, die ich betrauern muss, so viele, die wegen mir den Tod fanden oder zumindest den Wahnsinn, ich will kein Opfer mehr. Ich weiß nicht, ob ich das verkraften könnte', gab er zurück, und ich konnte sie spüren, seine Angst und seine Sorge. ,Du kennst mich ja gar nicht', erinnerte ich ihn, doch er ließ es nicht gelten. ,Das kann sein, dass wir uns noch nie begegnet sind, dass wir uns noch nie in die Augen gesehen und die Hand geschüttelt hatten, aber es ist mir dennoch, als würde ich Dich schon lange kennen, was auch immer das bedeuten mag. Ich will Dich nicht verlieren. Selbst, wenn ich für ewig in diesem Turm bleiben muss, so hast Du doch die Möglichkeit mit mir zu sprechen, auch wenn Du frei bist, kannst Du wiederkommen und mit mir sprechen. Das ist das letzte, was ich habe, und ich will nicht auch noch das verlieren', erwiderte er, und der Einwand wog schwer. ‚Aber Du hast doch gesagt, dass es ein gutes Zeichen wäre, dass ich Deiner Mutter widerstanden habe. Ich denke, dass es mir gelingen kann. Was ist das schon für ein jahrzehntelanges Leben, in einem Turm und immerzu zu warten, dass jemand kommt, bloß um ein paar Worte zu wechseln. Das kann, das darf Dir nicht genug sein', warf ich ein, froh darüber, dass mir das eingefallen war. ‚Nun gut', sagte er, ‚Heute Nacht werde ich meinen Vater bitten, Dich zu mir zu bringen.' Und ich harrte der Dinge, die da kommen würden."

So verließt Du mich, aber bald würde ich es wissen, bald würde der Regen wiederkommen, aber es spielte keine Rolle mehr, denn Du hattest Dich von ihm befreit.

* * *

„Hast Du gesehen, ich habe uns ein Dach gebaut, dort neben der Weide, wo wir unterschlüpfen können, wenn wir wollen?", begrüßte ich Dich in der nächsten Regennacht, und Du wolltest, kamst zu mir unter das Dach und setztest Deine Erzählung fort.

„Die Raben umflatterten mich unruhig, doch ich ließ mich davon nicht beeindrucken. Zu sehr war ich mit den kommenden Ereignissen beschäftigt. Natürlich hatte ich Angst. Immer wieder dachte ich an das arme Mädchen, das sich zu Tode gestürzt hatte. Bald schon könnte ich neben ihr liegen, nur retten konnte ich sie nicht mehr, nicht einmal helfen oder ihr etwas erleichtern. Es bestand allerdings auch die Möglichkeit, dass ich der Ausweg für Mochridhe war. Das war meine Hoffnung. So saß ich, die Nacht erwartend, schwankend zwischen Angst und Hoffnung. Aber da war noch etwas anderes, nämlich Neugierde. Wie kann jemand aussehen, der ein Mädchen so weit bringt, dass es nicht mehr leben will? Ich konnte es mir nicht vorstellen. Was sollte so Besonderes an ihm sein? Und warum glaubte ich ihm? Vielleicht hatte er sich ja alles nur ausgedacht, um mich zu ihm zu locken, dass er mich vergewaltigen und dann vom Turm schmeißen konnte. ‚Nein, das tut er nicht', sagte einer der Raben in meinem Kopf. ‚Verdammt, könnt ihr jetzt auch schon meine Gedanken lesen?', gab ich erbost zurück. ‚Das konnten wir schon die ganze Zeit. Wir wollten uns nicht einmischen, aber jetzt ist es genug. Du kannst ihm vertrauen, oder zumindest den Teil der Geschichte glauben. Dass Du vorhast, ihn zu sehen, das gefällt uns allerdings gar nicht, aber wir dürfen Dich auch nicht zurückhalten, denn Du musst so handeln wie Du es für richtig hältst, auch dann, wenn Du mit offenen Augen in Dein Verderben rennst', hörte ich nun die Stimme des anderen Raben in meinem Kopf. ‚Was wollt ihr mir damit sagen, in mein Verderben? Sagt was ihr wisst!', forderte ich sie auf, doch da wurde plötzlich ein Schlüssel in die Türe gesteckt, umgedreht und dadurch aufgesperrt. Jemand trat leise ein, eine Gestalt, von der ich nur die Konturen wahrzunehmen vermochte. Dann wurde die Türe wieder versperrt. Langsam stand ich auf und ging auf die Gestalt zu. Sie trug eine Maske, die ihr ganzes Gesicht bedeckte. Nur die Augen und der Mund waren frei. Sein dunkles Haar fiel ihm bis auf die Schultern. Mein Herz klopfte bis zum Hals. Kein Wort fand ich, das angemessen gewesen wäre, und auch er blieb stumm, aber ich konnte noch meine Hände benutzen. So tastete ich die Maske ab und fand eine Möglichkeit sie zu öffnen, die ich auch ergriff. Einmal noch tief durchatmen, dann nahm ich ihm die Maske ab. Ich weiß nicht, ob es an der Dunkelheit lag oder einfach nur an mir, aber ich gewahrte einen jungen Mann mit zarten Gesichtszügen. Ja, er war wunderschön, doch ich spürte auch seinen Verlust, seinen Schmerz und seine Verzweiflung, so dass ich nicht der Gefahr unterlag, ihn auf ein Podest zu stellen und anzubeten. Er war ein Mensch, so wie ich, der meine Aufmerksamkeit verdiente und mein Mitgefühl, aber ich hatte nicht den Eindruck, dass ich mich nicht mehr lösen könnte. Mein Herz blieb frei. Ich konnte mich weiterhin entscheiden zu bleiben oder zu gehen. ,Ich bin froh, dass Du gekommen bist', sagte ich ruhig. ,Ich bin froh, dass Du mich eingeladen hast, Morrigan. Eigentlich hätte ich mir Dich ganz anders vorgestellt, viel älter. Deine

Stimme, Deine Gedanken klingen so reif', sagte Mochridhe überrascht. ‚Jetzt bin ich Dir also zu jung. Du siehst mich zum ersten Mal in Deinem Leben, und schon ist Dir was nicht recht. Das kann ja noch heiter werden', entgegnete ich neckisch. ‚Ich habe das nicht so gemeint', sagte er zaghaft, aber es ist schön, Dich lachen zu sehen', lenkte er ein. Und da fiel es auch mir auf. Zum ersten Mal seit jener Nacht konnte ich lachen, oder zumindest lächeln. Zum ersten Mal seit jener Nacht gab es einen Ort, an dem ich mich wohl fühlte, jemanden, mit dem ich mich wohl fühlte.“

Und Du bliebst, auch als der Regen gegangen war. In meinen Armen schliefst Du ein. Ich ließ es zu.

Ruhig und gleichmäßig ging Dein Atem. Sollte es nun doch endlich gelungen sein, dass Du angekommen warst an einem Ort, an dem Du Ruhe finden konntest? Ich ließ Dich weiterschlafen, auch wenn es mir nicht leichtfiel, denn ich wollte nur allzu gerne hören, wie es weitergegangen war. Vielleicht weil ich noch auf Happy End wartete. Zumindest hatte es eine Wendung gegeben.
„Soll ich weitererzählen?“, hörte ich plötzlich Deine klare Stimme, die mir mittlerweile so vertraut geworden war.

* * *

„Unbedingt, wenn Du das möchtest“, antwortete ich rasch.

„Ich ließ mich auf seinen Anblick ein. Es hatte schon etwas seltsam angemutet, dass ich vor Schönheit Angst gehabt hatte, und jetzt, da ich ihm Aug in Aug gegenüberstand, erschien er mir einfach nur liebenswürdig verständig, aber auch hilflos und verloren. ‚Was meinst Du?', fragte Mochridhe unvermittelt, ‚Habe ich die Wahrheit gesagt?' ‚Ja, wunderschön bist Du, schöner noch als Deine Mutter, doch im Unterschied zu ihr fühle ich mich bei Dir wohl', antwortete ich wahrheitsgemäß, ‚Nur ich verstehe nicht, dass Dir die Mädchen reihenweise verfallen sein sollen. Das kann ich nicht nachvollziehen.' ‚Aber es war so. Ich habe sie selbst dort liegen gesehen, völlig verrenkt und gebrochen', sagte er und schlug sich die Hände vor die Augen, als würde er es so schaffen die Bilder zu vertreiben, die ihn nicht mehr losließen. ‚Und sie hat Dir Deine Entscheidung mitgeteilt? Sie hat es Dir gesagt, dass sie Deinetwegen in den Tod geht?', hake ich nach. ‚Musst Du mich denn quälen? Wie oft habe ich das durchlitten, immer und immer wieder. Ich hoffte so sehr, Ruhe zu finden, und jetzt quälst sogar Du mich', mahnte er ein. ‚Es tut mir leid, ich will Dich nicht quälen, aber es ist wichtig, dass Du es mir erzählst. Ich habe einen Verdacht, und wenn sich dieser bewahrheitet, dann kann ich Dich vielleicht von mehr befreien als aus Deinem Turm', versuchte ich ihm zu erklären. ‚Endlich hat sie es gesehen. Ich dachte schon, das passiert nie mehr', erklärte der eine Rabe in meinem Kopf. ‚Ja, lange hat sie gebraucht. Wenn wir nur was hätten sagen dürfen, aber sie musste ja unbedingt selber draufkommen',

merkte der andere Rabe in meinem Kopf an. Mir sagte es nur, dass ich offenbar auf dem richtigen Weg war. Was auch immer die Raben wussten und mir nicht sagen durften, ich hatte mich auf die richtige Spur begeben. ‚Sag mir, ob sie es Dir persönlich gesagt hat. Dann lasse ich Dich auch schon in Ruhe. Erinnere Dich bitte. Ich würde nicht fragen, wenn es nicht von immenser Bedeutung wäre‘, fügte ich hinzu. ‚Nun gut. Ich habe sie da liegen gesehen, doch was geschah zuvor?‘, überlegte Mochridhe laut, ‚Was dazu geführt hat, nein, das hat sie nicht mir erzählt, sondern meine Mutter, immer und immer wieder.‘ ‚Das dachte ich mir‘, entgegnete ich, ‚Nicht Du bist schuld an dem Unglück, dem Schmerz und dem Sterben, sondern nur Deine Mutter. Sie hat den Mädchen eingeredet, dass sie ohne Dich nicht leben können und sie Dir gleichzeitig überdrüssig werden lassen. Hat sie nicht in vielen Situationen die Mittlerin gespielt, die Vertraute?‘, begann ich zu erklären. ‚Das hat sie, wenn ich mich recht entsinne‘, gab er zu, ‚Doch warum sollte sie das tun? Was hatte sie für einen Grund, mir derart zu schaden?‘ ‚Sie hatte zwei Gründe. Erstens bist Du schöner als sie, und sie wollte sich nicht den Rang ablaufen lassen, nicht von ihrem eigenen Sohn, und zweitens wollte sie Dich nicht hergeben, sondern Dich ganz alleine für sich behalten. Und wo wärst Du besser aufgehoben gewesen als in dem Gefängnis, das Du Dir mit Deinem schlechten Gewissen gebaut hast?‘, erklärte ich ihm. ‚Ich kann es kaum glauben, meine eigene Mutter …‘, begann er, ‚Aber leider ergibt das alles
84

Sinn. Ich muss sofort zu ihr, muss sie zur Rede stellen.' Ich konnte ihn gerade noch aufhalten. ‚Nicht so hastig. So wirst Du nichts erreichen. Sie wird es abstreiten und Dich um den Finger wickeln', hielt ich ihn zurück, ‚Wir müssen klug und überlegt vorgehen. Wenn wir es richtig machen, so wird sie es selbst zugeben, und ich denke, ich habe auch schon eine Idee.' ‚Kluges Mädchen, wirklich kluges Mädchen', mischte sich der eine Rabe in meinem Kopf ein, während ich Mochridhe meinen Plan erklärte.“

„Willst Du bleiben?“, fragte ich Dich, nachdem Du geendet hattest.
„Ja, ich will bleiben“, entgegnetest Du zu meiner Freude.

* * *

Und Du lagst neben mir und erzähltest von den Ereignissen jener entscheidenden Nacht.

„Den nächsten Tag verbrachte ich alleine. Mochridhe hatte sich in sein Zimmer zurückgezogen. Er wollte nachdenken. Vielleicht hatte er Hoffnung, dass es nicht sein könnte, was ich dachte, doch es war alles passend und stimmig. Für ihn bedeutete es allerdings eine Schuld abzuladen und jemand anderen aufzuladen, der ihm sehr nahestand, von der er bis jetzt gemeint hatte, dass sie nur das Beste für ihn und ihn schützen wollte. ‚Ich bin überzeugt, dass sie mich rufen lässt, sobald sie erfährt, was sich zwischen uns ereignet hat. Halte Dich nahe am Kamin, ich werde Dir ein Zeichen geben. Vielleicht kannst Du unser Gespräch mit anhören', hatte ich ihm zum Abschied nahegelegt. Die letzte Nacht hatte mich so aufgewühlt, dass ich den ganzen nächsten Tag verschlief. Als mich mein Onkel weckte, war es bereits stockdunkel. ,Jetzt kannst Du zeigen ob Du standhaft bist oder nicht', sprach der Rabe in meinem Kopf, und unten im Wald neben dem Turm hörte ich die Wölfe. Ihr Heulen klang nach Trost und Sorge. ,Das werde ich', entgegnete ich wildentschlossen der Stimme des Raben in meinem Kopf. ,Morrigan, Deine Tante wünscht Dich zu sehen', sagte mein Onkel kurz und bedeutete mir, ihm zu folgen. Er brachte mich in das Zimmer, in das ich am Tage meiner Ankunft geleitet worden war, und dessen Kamin auch durch den Turm verlief, wie ich hoffte. Sogleich stellte ich mich neben diesen. Es kostete mich Überwindung mich auch nur hinzustellen, denn es brannte ein Feuer darin. Ich versuchte dieses, so gut es ging, zu ignorieren, doch die Wärme kroch hämisch in mir hinauf, aber ich hatte keine Wahl, Mochridhe musste dieses Gespräch mitanhören. Sonst würde er es niemals glauben. So nahm ich den Schürhaken und ließ ihn fallen. Hoffentlich hatte er es gehört, dort oben im Turm. ,Guten Abend, Tante Morgana', begann ich, ,Du wolltest mich sprechen?' ,Wie mir zu Ohren kam, hast Du meinen armen, unglücklichen Sohn kennengelernt?', fragte sie, doch es war bloß eine rhetorische Frage, denn sie wusste natürlich Bescheid. ‚Ja, das habe ich', gab ich dennoch zurück, ‚Und er gehört wohl zu den liebenswürdigsten und liebenswertesten Menschen, die ich kenne.' ‚Das mag Dir so erscheinen, doch er wird Dich niemals lieben, niemals so wie Du ihn. Er wird Dich einwickeln, einnehmen und Dich dann wegwerfen wie einen nassen Socken, denn Du bist seiner nicht würdig. Vielleicht weiß er es jetzt noch nicht, denn Du wirst Dich schon so präsentiert haben, dass er auf Dich hereinfällt, dass er der Hoffnung verfallen ist, Du meintest es ernst und ehrlich mit ihm, doch ich, ich weiß es besser. Ihr kleinen Huren, ihr sucht doch nur Euer Vergnügen, wollt einen schönen, reichen Mann an eurer Seite, den ihr ausnehmen könnt, doch das lasse ich nicht zu. Keine von euch ist gut genug für ihn', warf sie mir ungeschützt an den Kopf. ‚Wie willst Du das wissen? Kennst Du mich oder irgendeines der Mädchen, die Deine Gier, Deinen Sohn zu behalten, in den Tod oder in den Wahnsinn getrieben hat?', entgegnete ich gelassen, ‚Nein, Du kennst keine, denn Dein einziges Interesse ist es, Deinen Sohn nicht teilen, nicht hergeben zu müssen. Deshalb und nur deshalb ist keine gut genug für ihn. Du trägst die Schuld an deren Tod oder Wahnsinn, und doch hast Du diese Schuld Mochridhe eingeredet, so lange, bis er sich entschloss, sich dort oben in dem Turm einsperren zu lassen, gequält von Trauer und Schmerz. Die Trauer wird bleiben, aber wenn er erfährt, dass Du die Schuld trägst, so kann er frei und offen weiterleben. Er wird Dich hassen, sobald ich ihm davon erzähle.' Ihr Gesicht verzerrte sich vor blinder Wut: ‚Niemals wird mein Sohn ein Wort erfahren von unserem Gespräch, und selbst wenn, er wird Dir niemals Glauben schenken, denn ich bin seine Mutter und Du nur ein dahergelaufenes Miststück.' ‚Dann sage ich Dir, es ist nicht notwendig, denn er hat bereits alles gehört, als würde er mit uns im Zimmer sein, hier durch den Kamin', gab ich trocken zurück. Das letzte, was ich sah war, dass Morgana den Schürhaken nahm und auf mich einschlug. Dann wurde ich ohnmächtig."

Du hieltst inne, und ich verstand, dass es nicht leicht war, davon zu erzählen. Ich ließ die Stille zu.

* * *

Lange verharrtest Du in dieser Stille, die ich nicht zu durchbrechen wagte. Es war mir, als müsstest Du Kraft schöpfen, um weiter erzählen zu können.

„Tante Morgana hatte mich mit dem Schürhaken so unglücklich getroffen, dass ich ohnmächtig wurde. Ich erwachte, weil mir kalt war. Ein rauer Wind peitschte, dort oben auf der höchsten Stelle des Turmes, wo sie mich hingebracht hatten, doch nicht nur ich war getragen worden, auch Tante Morgana, denn sie saß nicht in ihrem Rollstuhl, sondern auf einem normalen Sessel. Ich lag zusammengekauert am Boden. Als ich versuchte mich aufzurichten, wurde ich vom Schmerz in meinem Kopf sofort wieder niedergedrückt. ‚Du wirst den Freitod wählen, haben wir beschlossen, Dein Onkel Ernst und ich, um unseren Sohn vor Dir zu schützen', sagte sie ungerührt. Ich wusste, ich musste mir schnell, sehr schnell etwas einfallen lassen, wenn ich diesem Schicksal entgehen wollte, d.h. ich musste vor allem Zeit gewinnen. ‚Aber bevor ich sterbe, möchte ich eines noch wissen', sagte ich so ruhig wie es mir möglich war: ‚Sprich, mein Kind, denn alles, was Du jetzt noch erfährst, wird Dich in Dein Grab begleiten', gab sich Tante Morgana großzügig. ‚Warum sitzt Du in diesem Rollstuhl?', fragte ich scheinbar ungerührt. ‚Ob Du das überhaupt verkraftest, Du mit Deinem kleinen Leben und Deinem engen Denken?', erwiderte sie spöttisch, ‚Aber wie Du willst, Du sollst die Wahrheit erfahren, auch wenn sie Dich nicht frei macht, sondern in den Tod führt. Vor vielen, vielen Jahren also, wir waren damals noch nicht verheiratet, aber es stand in Aussicht. Ich konnte noch gehen und Ernst sehen. Niemals hätte ich daran gedacht, mich zu binden. Es machte mir wohl Freude, wenn er da war, denn er hatte so eine eigene Art mich zu umwerben und ich genoss seine Aufmerksamkeit, auch wenn ich mich spröde gab. Das ging so über Wochen und Monate ....' ‚Über ein Jahr lang', warf Onkel Ernst ein. ‚Von mir aus, soll es über ein Jahr gewesen sein', entgegnete Tante Morgana kurz, ‚Dann geschah es, in einer wundervollen, sternenlosen Sommernacht. Nachdem ich stundenlang getanzt hatte, wollte ich ein wenig allein sein und frische Luft schnappen, denn im Ballsaal war es verraucht und stickig. Ich hätte auch einfach in den Hof hinaus gehen können.

Stattdessen bestieg ich jedoch den Turm, weil ich alleine sein wollte. Ein Pärchen war bereits vor mir dort gewesen und stand nun da, engumschlungen. Als ich hinter sie trat erkannte ich wer es war, Dein Onkel Ernst und ein Mädchen, das damals noch vorgab meine Freundin zu sein. ‚Nie mehr wieder werde ich mich von ihr demütigen lassen, wie all die anderen Laffen dort unten. Nie mehr wird sie mich vor allen Leuten bloßstellen. Heute Nacht noch wollen wir weggehen und diesen Ort hinter uns lassen, für immer. Willst Du das?‘, hörte ich ihn sagen. ‚Ja, das will ich!‘, antwortete sie. Die beiden waren offenbar so vertieft ineinander, dass sie gar nicht bemerkten, dass ich hinter ihnen stand. Blinde Wut erfasste mich. ‚Niemals wird es geschehen, dass mich jemand verlässt, niemals!‘, schrie ich sie an und stürzte mich auf das Mädchen, das dicht neben der Brüstung stand. Es war wohl nicht mehr als ein Schubser, doch der genügte, dass sie über die Brüstung fiel, in den Tod. Ernst hatte mich um die Taille gepackt, doch es war zu spät. Es kam zu einem Handgemenge, bei dem ich ihm die Augen auskratzte, er jedoch, in einem Aufschrei von Schmerz, stieß mich von sich und die Treppe hinunter. Seither ist er blind und ich bin gelähmt. Das ist es, was uns zusammenschweißt, mehr als die Worte des Priesters.‘, und ich begann zu verstehen.“

Ein Seufzer entrang sich Deiner gemarterten Seele.

* * *

Du wandtest Dich mir zu, als Du weitersprachst, in jener Vollmondnacht, wo wir den Regen endlich hinter uns gelassen hatten.

„Ich zitterte vor Kälte und Anspannung. Ich wusste alles, doch ich müsste dieses Wissen mit ins Grab nehmen. ‚Nun wirst Du sterben und das, was Du gehört hast, wird für immer in Vergessenheit geraten', sagte meine Tante Morgana, ‚Ernst, Du weißt, was Du zu tun hast.' Langsam ging er auf mich zu. Es hatte wohl keinen Sinn, mich zu wehren. Ich hatte Mochridhe gerettet. Das war wohl alles, was ich noch bewirken konnte. Ich dachte an meine Eltern und meine Brüder, sah in Gedanken unser Haus und versuchte Abschied zu nehmen. Ich wollte mich in mein Schicksal fügen. Noch einmal, doch zum ersten Mal ruhig und gelassen, sah ich dem Feuer zu, das alles, was ich geliebt hatte, vernichtete. Diesmal war ich nur Zuschauerin, und die Gestalt, die in der Mitte stand, die das Feuer zu dirigieren schien, ich sah ihr zu, sah wie sie sich drehte, die Arme erhoben, und jetzt, jetzt endlich sah ich auch ihr Gesicht. ‚Du warst es, Du hast das Feuer gelegt', erkannte ich. ‚Ja, das habe ich, und auch dafür musst Du sterben. Du siehst, ich kann Dich unmöglich weiterleben lassen', sagte Tante Morgana ruhig. ‚Du hast sie immer schon gehasst, Deine Schwester, und missgönntest ihr ihr Glück, doch sie hatte etwas erfahren, was sie nicht erfahren durfte, das, was ich auch weiß', warf ich ihr vor, und ich hatte wohl ins Schwarze getroffen, als ich mich aufgehoben fühlte. Doch es waren keine menschlichen Arme, sondern tierische Krallen.

Sanft setzten sie mich am Boden ab, die beiden Raben. ‚Du hast es geschafft', hörte ich den einen Raben in meinem Kopf. Dann flogen sie davon. Ich erwachte, in einem fremden Bett. Meine Kehle fühlte sich ausgebrannt an. Jetzt fiel mir ein, ich war im Haus meiner Freundin, doch statt meinen Durst zu stillen, lief ich so schnell wie möglich nach Hause. Ich sah gerade noch, dass eine dunkle Gestalt das Haus betrat. ‚Seit wann kannst Du gehen, Tante Morgana?', fuhr ich sie an. ‚Es genügt mein Geist, um Unheil zu stiften', entgegnete diese, doch weiter kam sie nicht, denn da waren zwei Raben und zwei Wölfe, die sie schnappten und mit sich nahmen. Sie würden fortan unser Haus beschützen, doch ich hatte noch etwas Wichtiges zu erledigen, nachdem ich meine Familie in Sicherheit wusste. So schnell es ging fuhr ich hinaus zum Wald und lief zur Burg, doch zu meinem Schrecken musste ich sehen, dass die Burg zerfallen war. Ob sie alle Bewohner unter sich begraben hatte? Verzweifelt begann ich einen Namen zu rufen, den Namen des Einzigen, der aus dieser Burg gerettet werden durfte. Mit dem Ruf: ‚Mochridhe', durchbrach ich die Stille der Nacht. Zunächst hörte ich nichts, doch dann war da ein leises Schluchzen zu vernehmen. Er saß neben den Trümmern, immer noch mit der Maske. ‚Alles, alles kaputt', hörte ich ihn sagen. ‚Nein, Du bist von Deiner Schuld befreit und wohl auch Deine Eltern von sich selbst', entgegnete ich, und nahm ihm vorsichtig die Maske ab, ‚Willst Du mit mir kommen und bei uns bleiben?' ‚Ja, das will ich', entgegnete er fest. Langsam ging ich den Weg zurück. denn jetzt ging ich ihn nicht mehr alleine.'

Damit schlosst Du Deine Erzählung, und wir setzten uns ins Zimmer zum Kamin, denn nun brauchtest Du das Feuer nicht mehr zu fürchten, jetzt brauchtest Du nicht mehr vor den Bildern in Deinem Kopf zu fliehen.

Manchmal bekommen wir wirklich eine zweite Chance. Nicht allzu oft, aber es passiert, und dann haben wir die Pflicht sie zu nutzen.

Vergessen

Die Welt wird, weil sie mir wieder klar wird. Noch ist das Bild unscharf. Ich komme langsam zu mir. Die Welt um mich gibt sich auch nicht so einfach preis. Sie passt sich an. Zumindest sie lässt mir Zeit.

Dämmrig ist es, dort wo ich bin. Durch die kleinen Schlitze, die meine Lider bilden, erkenne ich zunächst nur dieses Dämmern. „Götterdämmerung", schießt es durch meinen gepeinigten Kopf, „Morgendämmerung" ist das nächste. Man gibt sich bescheiden, wenn es im Kopf hämmert, als hätte einer, der den Presslufthammer bedient, ihn losgelassen und dieser fuhrwerkt jetzt ungezügelt alleine weiter. Aber zu meiner Erleichterung stelle ich fest, dass auch sämtliche andere Extremitäten schmerzen. Erleichterung, weil ich in meiner Schmerzwahrnehmung nicht so eingeschränkt bin. Kopfschmerzen für sich genommen schränken den Aktionsradius beträchtlich ein, auch wenn der Rest des Körpers völlig schmerzfrei ist, aber wenn alles schmerzt, so drängt es nicht so sehr nach Betätigung.

Bedächtig drehe ich den Kopf, gebe der Richtung, die der Presslufthammer gerade nimmt, nach. Eine Frau, ganz in Schwarz gekleidet, sitzt rechts von mir auf einem Lehnstuhl und hat ein Buch vor der Nase. Wahrscheinlich liest sie, aber wer kann das schon so genau sagen.

Ich erinnere mich, dass ich mir oft ein Buch vor die Nase hielt, damit jeder um mich wusste, dass ich jetzt nicht angesprochen werden wollte. Es war mein Bollwerk gegen die sich aufdrängenden Gedanken und Gefühle anderer. Manchmal ist es notwendig sich ein wenig abzuschotten, doch auch wenn sie nichts sagten, so war es doch ihre bloße Anwesenheit, die mich in ihr Wirrwarr hineinzog, unausweichlich. Mehr noch, auch ihre Abwesenheit war beklemmend, denn in meinem Kopf waren sie niemals abwesend. Ich habe eine Gabe, die mich zwingt. Ich nehme wahr, die Menschen um mich, ganz gleich, ob sie mich jetzt persönlich meinen oder nicht.

Ich saß beispielsweise in einem Café und ließ den Blick wie zufällig über die Menschen gleiten. Ein einziger Bick, ein einziger, vorüberhuschender Blick genügte, um mir über alles völlig im Klaren zu sein, über Alter, Lebensumstände und innere Regungen. Ich konnte es einfach nicht abstellen. So oft ich die Gelegenheit bekam, versuchte ich dem zu entfliehen, indem ich mich in einen dunklen, fensterlosen Raum zurückzog. Eigentlich war es das Abstellkammerl, aber für mich war es ein Rückzug. Nicht, dass ich den Menschen in meinem Kopf wirklich entkommen konnte, aber dort drinnen gesellten sich zumindest keine neuen Eindrücke zu den bestehenden hinzu. Es war eine gewisse Erleichterung.

So weiß ich auch sofort, dass diese Frau, die neben mir sitzt, nicht liest. Sie hält sich das Buch vor die Nase, während sie darauf wartet, dass ich ein Lebenszeichen von mir gebe. Ich beschließe sie noch ein wenig warten zu lassen, denn ich muss mir erst über ein paar Dinge klar werden, muss mich besinnen, wie ich hierherkam. Was war geschehen, bevor ich auf dieser Couch landete und der Presslufthammer angeworfen wurde? Ich wollte mich auf Antworten besinnen, die zu Fragen passen könnten, die mir noch nicht einmal gestellt worden waren, aber zweifelsohne an mich herangetragen werden würden.

Die Frau ließ ihr Buch in den Schoß gleiten. Wem wollte sie auch etwas vormachen? Sie gehörte wohl zu den Menschen, die es nicht fertigbrachten, einfach so in einem Stuhl zu sitzen und nichts zu tun, einfach nichts. Wie schwer war es doch, dieses Nichtstun. Aber sie wandte mir den Blick zu.

Ich stellte sicher, dass die Lider ganz geschlossen waren. Noch wollte ich nicht offiziell munter sein. Noch wollte ich mir selbst Zeit lassen, zu mir zu kommen und mich vor dem Ansturm, der mich zweifelsohne erwartete, zu schützen. Vielleicht hatte sie es gut gemeint, als sie mich aufnahm. Vielleicht sah sie es als ihre Pflicht, als sie mich irgendwo fand, in was weiß ich für einen Zustand, doch sobald der Delinquent erwacht, wird er erbarmungslos ausgequetscht wie eine Zitrone.

* * *

„Und wie geht es unserem Patienten?", höre ich eine durchdringende Stimme, die nicht zu der Leserin im Stuhl gehört, denn sie kommt von weiter weg. Energische Schritte gehen damit einher. Offenbar ein Haushalt der offenen Türen, liegt nahe zu denken, denn ich hatte kein charakteristisches Geräusch gehört, das das Öffnen einer Türe angezeigt hätte.

„Er schläft noch", entgegnet eine sanfte Stimme, die nun zu der Leserin neben mir gehört und es ist, als würde ein feines Lächeln mitschwingen, „Oder zumindest möchte er wohl noch ein wenig Ruhe haben."

„Aber ich bin so neugierig. Außerdem möchte ich wissen, wie es ihm geht", entgegnet die durchdringende Stimme, doch nun vernehmlich gedämpfter. Neugierig ist sie also, denke ich, aber ich bin noch nicht so weit. Ich versuche die Zeit, den Ablauf, an den ich mich noch erinnern kann, zu rekonstruieren.

Ich war spät dran, wie immer, hechtend von einem Termin zum anderen. Meine Profession nennt sich wohl Fraud-Analyst, was nichts anderes bedeutet, als dass ich dort hin berufen werde, wo der Hut brennt, weil Daten missbräuchlich verwendet werden. Nachdem ich in der Branche einen sehr guten Ruf genieße, vor allem, was meine Verschwiegenheit betrifft, so werde ich mittlerweile zu äußerst diffizilen Fällen gerufen. Mag sein, dass der eine oder andere Kollege der Versuchung nicht widerstehen kann und selbst ein wenig außerhalb der Legalität mitprofitieren möchte, doch die Bezahlung war so gut, dass ich keinen Anlass sah, meinen Ruf und meine Zukunft zu gefährden. Am Vortag war ich in Prag gewesen, in der Nacht noch nach Wien geflogen und, nachdem ich meinen Auftrag erfüllt hatte, machte ich mich wieder auf den Weg zum Flughafen. Mein Ziel hieß London. Ich bezahlte das Taxi und beeilte mich, die Abflughalle zu erreichen. Mit geschultem Blick überflog ich die Tafel, um zu eruieren, zu welchem Gate ich mich zu begeben hatte. A13 war es. Mein Blick glitt von der Tafel weg, überflog nebenbei die Menschen, die sich in der Halle aufhielten, als er plötzlich erstarrte, der Blick und ich mit ihm. Aber was war es nur, was mich dazu veranlasste? Oder war es ein Jemand gewesen? War es vielleicht so schlimm gewesen, dass sich mein Gedächtnis weigerte, das Geheimnis preiszugeben? Ich weiß nur, dass ich, trotz der Notwendigkeit umgehend das Gate aufzusuchen, die Halle fluchtartig verließ und kopflos wegrannte. Es war mir offenbar völlig gleichgültig, wohin ich rannte, ich wollte nur weg. Ich nahm weder wahr, was neben mir geschah, noch wie meine Umgebung aussah. Ich ging und ging und ging. An dieser Stelle reißt meine Erinnerung ab. Wie ich hierhergekommen bin? Ich habe keine Ahnung.

„Übrigens, es gab einen Flugzeugabsturz", erzählt die Frau mit der durchdringenden Stimme, die sie immer noch zu dämpfen sucht, wohl aus Rücksicht auf mich, was ihr allerdings hörbar schwerfällt.

„Und inwiefern ist das von Relevanz?", fragt nun die Leserin, hörbar desinteressiert.

„Ich denke, dass jener Herr, der hier auf unserer Couch liegt, in diesem Flugzeug hätte sitzen sollen", erklärt die Angesprochene, „Es war der Flug, der um 11.30 Uhr nach London startete. Hat also quasi nochmals Glück gehabt, denn die Maschine explodierte und alle Passagiere inclusive der Crew kamen um."

„Woher weißt Du das? Du hast doch nicht seine Sachen durchsucht?", vernehme ich die scharfe Stimme der Leserin, denn offenbar missbilligt sie solche Einschnitte in die Privatsphäre.

„Was Du schon wieder von mir denkst!", gibt sie zurück, „Nein, aber sein Handy fiel aus der Tasche und da erschien der Termin am Display."

„Ich bin also quasi offiziell in der Maschine gesessen", denke ich, und versuche diese neue Erkenntnis in meine Überlegungen miteinzubauen.

* * *

Nun steht sie unschlüssig in der Tür. Zumindest höre ich nichts, was darauf hinweisen würde, dass sie sich bewegt. Ich würde so gerne einen Blick auf sie werfen, aber ich weiß nicht, ob ich es riskieren kann, ohne preiszugeben, dass ich nicht mehr schlafe. Zumindest scheint sie die Neugierigere von beiden zu sein. So viele Fragen brennen in ihr, die nicht unbedingt nur mit meinem Wohlergehen

99

zusammenhängen, aber darunter werden etliche sein, die ich gar nicht beantworten kann. Was war es nur, was mich so aufbrachte am Flughafen, so sehr, dass ich Hals über Kopf davonrannte?

„Jetzt schläft er schon seit zehn Stunden", versucht die Frau mit der durchdringenden Stimme den Gesprächsfaden wieder aufzunehmen.

„Kann sein", antwortet die, die neben mir liest oder besser las, denn ich höre, wie sie das Buch mit einem Seufzer auf den Tisch legt. Endlich scheint sie eingesehen zu haben, dass sie sich dem Gespräch widmen muss.

„Sollten wir vielleicht einen Arzt rufen?", fragt die erste weiter.

„Und was wollen wir ihm sagen? Wir haben hier einen Mann liegen, der eigentlich tot sein sollte, aber aus irgendeinem Grund vom Flughafen wegging, bevor er in die Maschine einstieg. Wir wissen nicht wer er ist und er ist auch nicht wirklich verletzt, zumindest ist nichts erkennbar", ist die lapidare Entgegnung.

„Aber der Sturz, meinst Du nicht, dass er sich was getan hat?", bleibt erstere unbeirrbar.

„Nein. Es hat zwar recht spektakulär ausgesehen, so wie er von der kleinen Steinbrücke in den Bach gefallen war, aber es ist trotzdem nicht weiter schlimm gewesen. Ihm werden sämtliche Knochen wehtun und der Kopf wird brummen, denn er hat ihn sich wohl gestoßen, da er ohnmächtig war als wir ihn fanden, aber das ist nicht weiters beunruhigend. Er soll sich einfach ausschlafen dürfen", erklärt die Frau neben mir ruhig, aber bestimmt, „Und selbst wenn er nicht mehr schlafen sollte, so wollen wir ihm doch die Zeit gönnen, die er braucht, um zu sich zu kommen. Oder wäre es Dir angenehm, wenn Du irgendwo aufwachst, völlig fremd bist und sofort mit Fragen bombardiert wirst? Weißt Du was? Nachdem Du mir jetzt sowieso keine Ruhe mehr lässt, könnten wir uns doch auch einen Tee machen. Findest Du nicht?" „Ich möchte eigentlich nicht ...", versucht die Angesprochene zu widersprechen, doch der Einspruch wird nicht zur Kenntnis genommen. Die beiden Frauen verlassen das Zimmer. Ich bin allein.

Vorsichtig öffne ich die Augen, um mich zu versichern, dass ich mich nicht getäuscht habe. Erst dann richte ich mich langsam auf. Der Sturz über die kleine Mauer in den Bach, daran erinnere ich mich nun wieder. Im vollen Lauf hatte ich dieses kleine Mäuerchen, kaum zwei Fuß hoch, völlig übersehen. Erst als ich durch die Luft segelte, wusste ich, dass es da war. Ich landete in einem kleinen Bach, der zum Glück sehr schlammig war. Das dämpfte meinen Aufprall. Bis auf diese Schmerzen bin ich jedoch heil, auch wenn mir jeder einzelne Knochen wehtut. Meine Bewegungen sind langsam und vorsichtig, denn jede einzelne treibt mir ein Messer in den Kopf. Dort müssen sie mich gefunden und hierhergebracht haben.

Das Wohnzimmer, in dem ich mich befinde, wirkt gemütlich. Die breite Couch, der mondäne

Schreibtisch, das Bücherregal und der Kamin, in dem ein anheimelndes Feuer brennt. Offenbar ist es mitten in der Nacht, denn vor dem Fenster ist es stockdunkel. Nur das Notwendigste steht in dem Raum, und diese Möbel sind schlicht und funktionell. Kein unnötiger Schnick-Schnack, so wie die Besitzerin wohl auch keine unnötigen Worte macht. Notwendigkeit und Funktionalität, Reduktion und Simplifizierung spricht mich aus diesem Raum an. Ich fühle mich sofort wohl. Wenn sie wiederkommen, werde ich sie um eine Schmerztablette bitten. Nun fühle ich mich bereit, mich ihren Fragen zu stellen. Deshalb bleibe ich aufrecht sitzen und warte, den Blick im Feuer verloren. „Alles wird gut", denke ich und weiß nicht warum.

* * *

Ich höre, wie ein Tablett abgestellt wird, auf dem niedrigen Tisch, der neben der Couch steht. Langsam wende ich meinen Blick vom Feuer ab und ihnen zu.

„Möchtest Du auch eine Tasse Tee mit uns trinken?", fragt die Frau, die neben mir gelesen hatte.
„Ich denke, ich mag Tee", antworte ich und versuche mich nach vorne zum Tisch zu beugen, doch nicht allzu weit, um den Herrn mit dem Presslufthammer in meinem Kopf nicht weiters zu verärgern, der nun offenbar eine Pause eingelegt hat.

„Ich heiße übrigens Lana, und das ist Nona", erklärt sie, während sie mir eine Tasse hinstellt, „Milch und Zucker?"

„Nur Milch", antworte ich automatisch und erkenne zu meiner Freude, dass es sich um Hafermilch handelt, „Mein Name ist Viktor. Wie bin ich hierhergekommen?" Ein leises Lächeln huscht über mein Gesicht, denn eigentlich hatte ich erwartet, dass ich mit Fragen bestürmt werden würde, doch nun war es umgekehrt.

„Wir fanden Dich bei einem Spaziergang", antwortet Lana leichthin,

„Cora hat Dich gefunden, wenn Du es ganz genau wissen willst", verbessert Nona.

„Wer ist Cora?", frage ich erstaunt.

„Unsere Irisch Wolf Hündin", entgegnet Nona und weist auf etwas, was ich bisher nicht wirklich wahrgenommen hatte, doch jetzt sehe ich es. Lang ausgestreckt liegt sie vor dem Kamin, groß wie ein Kälbchen, doch sie wirkt ruhig und friedlich.

„Also, wir sind spaziergegangen und haben uns wohl ein wenig verplaudert, da kamen wir zu dem kleinen Weiher, über den eine Steinbrücke führt. Dort musst Du gefallen sein. Zumindest machte es für uns den Eindruck", erklärt nun Nona.

„Du hattest wirklich großes Glück, denn Du warst ohnmächtig geworden, lagst aber mit dem Gesicht nicht im Wasser. So sahen wir, dass Du zwar verletzt warst, aber nicht lebensgefährlich", ergänzt Lana.

„Und deshalb haben wir beschlossen Dich mitzunehmen", schließt Nona.

„Ihr habt mich bis hierhergetragen?", frage ich erstaunt.

„Ach wo. Wir gingen zurück, holten das Auto und damit Dich. Cora hat inzwischen auf Dich aufgepasst. Sie macht das wirklich sehr gut", sagt Nona mit fester Überzeugung, und wie als wenn sie gewusst hätte, dass es um sie geht, hebt die Hündin den Kopf und blickt langsam und müde in unsere Richtung, doch nicht lange. Dann schließt sie die Augen wieder. Dieser Hund flößt mir doch eine gehörige Portion Respekt ein.

„Und gerade vorhin haben wir erfahren, dass Du eigentlich tot sein solltest. Jetzt haben wir uns gefragt, ob Du das wolltest? Ich meine nicht gerade tot, aber einfach mal auf und davon und untertauchen. Du wärst nicht in London aufgetaucht, doch jetzt stehen die Dinge anders, und deshalb ist unsere Frage, ob Du nicht für eine Weile offiziell tot sein willst", versucht mir Nona zu erklären, und ich erfasse sofort, was sie meint.

„Abstand gewinnen und ein wenig darüber nachdenken, ob ich in mein altes Leben zurückkehren will oder nicht. Einfach mal nicht Ich sein", versuche ich zusammenzufassen.

„Genau das meinen wir", sagt Nona lächelnd, „Ich sagte Dir ja, Lana, das ist ein schlauer Bursche."

„Soll ich mich jetzt geschmeichelt fühlen?", frage ich augenzwinkernd. Es tut gut fröhlich zu sein. Und der Tee wärmt. Langsam lassen die Schmerzen nach. Ich fühle keinen Druck mehr auf mir. Ein wenig erleichtert und unbelasteter sitze ich einfach da und trinke Tee, der mich von innen wärmt.

Vielleicht bleibe ich ein wenig. Vielleicht kehre ich gar nicht mehr zurück in mein Leben. Es gilt einiges zu überdenken.

„Ich denke, ich will für eine Weile tot sein", sage ich, meine Überlegungen abschließend.

* * *

Ich genieße den Tee. Earl Grey, denke ich, aber so sicher bin ich mir nicht. Dazu gibt es englisches Teegebäck.

„Sind die etwa selbstgemacht?", frage ich, als ich bei den Scones zugreife und feststelle, dass sie noch warm sind, wie frisch aus dem Ofen.

„Ja, klar", erklärt Nona, und will wohl schon ansetzen mir die Zubereitungsweise zu erklären, als sie rüde unterbrochen wird.

„Ich denke, dass das jetzt nicht von Relevanz ist", meint Lana.

„Und was soll dann von Relevanz sein?", fragt Nona, und wirkt doch ein wenig eingeschnappt.

„Ich denke, dass Viktor eine Entscheidung zu treffen hat", meint Lana wie selbstverständlich. Ich sehe sie verwundert an. Woher weiß sie das nun wieder?

„Denn man will nicht einfach so eine Weile tot sein, wenn man nichts zu entscheiden hat. Oder irre ich mich?", wendet sie sich nun an mich.

„Ja, das mag wohl so sein", antworte ich ausweichend, „Aber ich weiß nicht, ob ich das alleine schaffe."

„Dann lass uns Dich unterstützen", bietet Nona an.

105

„Eigentlich habe ich mich euch ja schon völlig ausgeliefert", spreche ich aus, was mir gerade eben erst bewusstwurde, „Völlig ausgeliefert mit meinem Geheimnis, und ich weiß nicht wieso, aber ich vertraue euch, obwohl ich euch nicht kenne, ja nicht einmal weiß, wo ich hier eigentlich bin."

„Gut", sagt nun Lana, „Dann wollen wir Dich einweihen. Vielleicht fällt Dir dann das Ausgeliefertsein leichter. Du bist in einem Haus am östlichen Rand der Stadt, gar nicht so weit weg vom Flughafen. Wenn Du durch den Park hinausgehst und vielleicht zwei Kilometer der Straße folgst, dann kommst Du in den nächsten Ort. Wir leben hier in der Abgeschiedenheit, weil wir gerne für uns sind und die Aufmerksamkeit nicht so mögen, denn wir agieren quasi im Verborgenen."

„Wir leben vom Verbrechen", wirft nun Nona ein, und macht eine Pause, um das Gehörte bei mir wirken zu lassen, und mein Blick muss verstört wirken, denn Lana beeilt sich diese Aussage zu relativieren.

„Wir schreiben Detektivromane, aber auch entsprechende Bühnenwerke", erklärt Lana, „War das jetzt notwendig Viktor so zu erschrecken?"

„Ja, das war es. Ab und zu darf man sich doch einen kleinen Scherz erlauben", sagt Nona heiter und setzt ein kleines verschmitztes Lächeln auf.

„Es war schon ein wenig makaber", muss ich zugeben, „Aber es ist wahrscheinlich nicht leicht, Dir böse zu sein. Allerdings habe ich so gesehen auch mit dem Verbrechen zu tun. Oder besser, wenn es das Verbrechen nicht gäbe, dann wäre ich

106

arbeitslos. Nur dass es bei mir beinharte Realität ist. So gesehen ist es mir lieber euch ausgeliefert zu sein als einem jener Leute, die mir wohl an den Kragen wollen. Ausgeliefert – aber ich weiß nicht, ob ich dahin zurückwill, ob ich überhaupt je zurückwill. Andererseits weiß ich auch nicht, ob es je möglich sein wird, zu entkommen. Ich habe im Laufe der Jahre so viel gesehen und erfahren, und ich kenne einige Leute, denen mein Tod nur allzu gelegen käme. Doch kann ich dem wirklich je entkommen? Selbst wenn ich jetzt offiziell tot bin und es sogar schaffe meine Identität zu ändern, alles hinter mir zu lassen und ein völlig neues Leben zu beginnen. Ist es denn wirklich möglich, meinem alten Leben je ganz zu entfliehen? Irgendwann, irgendwo, wenn ich gar nicht daran denke, weil schon so viele Jahre verstrichen sein werden, werde ich jemandem begegnen, der mich aus meinem alten Leben kennt und alles wieder zurückholt. Nein, man kann sich selbst nicht entkommen. Aber vielleicht ein wenig ausruhen, Tee trinken und Scones essen."

„Willst Du uns von Deinem Leben erzählen?", fragt Lana ernst, und ich lese echtes, lebendiges Interesse in ihrem Blick.

* * *

„Wo nur ist der Beginn eines Lebens?", setze ich an und versuche meine Gedanken zu ordnen, eine gewisse Chronologie hineinzubekommen, knapp und sachlich. Aber können wir unserem eigenen

Leben wirklich je sachlich gegenüberstehen, es zusammenfassen auf nüchterne Fakten, ohne das Eigentliche, das Lebendige daran zu negieren? Was bleibt? Ein paar Jahreszahlen, Daten, Umstände, nichts weiter. Aber was führte in dieses Leben, durch dieses Leben? Was führte uns? Wissen wir das selbst? Beginnt unser Leben bei der Geburt oder ist es nicht in gewisser Weise auch immer durch das Leben der anderen, die uns betreffen, vordeterminiert?

„Ich denke, ich beginne bei meiner Mutter. Sie ist, oder besser war, eine sehr starke, ehrgeizige und unabhängige Frau. Das wird der Grund gewesen sein, warum uns mein Vater verlassen hat, als ich kaum zwei Jahre alt war. Sie war Forscherin, genauerhin Mikrobiologin. Von daher habe ich wohl meinen Hang zur Tüftelei. Interessierte sie sich vor meiner Geburt ausschließlich für ihre Forschungen, so war ich es, die ihre Aufmerksamkeit zusätzlich in Anspruch nahm. Mein Vater schien nicht mehr vorhanden zu sein, wie ich mir aus ihren Erzählungen zusammenreimte. Es fiel nicht weiters auf, dass er nicht mehr da war. Ob sie ihn nur in ihr Leben ließ, weil sie ein Kind wollte oder ihn wirklich geliebt hatte, das erfuhr ich nie. Auf jeden Fall hatte ich eine sehr enge Bindung zu meiner Mutter, obwohl weit vom pathologischen entfernt. Ich absolvierte die Schule, studierte anschließend an der Technischen Universität und trat meinen ersten Arbeitsplatz als normaler Programmierer an. In diesem Jahr starb meine Mutter. Sie hatte sich
108

mit einem Krankheitskeim infiziert, versehentlich, wie es hieß. Bis heute kann ich das kaum glauben, weil sie eine brillante Wissenschaftlerin war. Solche Flüchtigkeitsfehler durften ihr nicht passieren. Im gleichen Jahr lernte ich Jasmin kennen. Kurze Zeit später heirateten wir und zogen zusammen, woran sich bis heute nichts änderte. Mittlerweile haben wir drei Söhne. Das ist nicht weiters aufregend, aber dagegen doch mein beruflicher Werdegang. Es war auch das Jahr, in dem mir der einzige wirklich gravierende Fehler meines Lebens unterlief. Eigentlich erstaunlich, meine Mutter machte ihren einzigen gravierenden Fehler ihrer Karriere und musste es mit ihrem Leben büßen. Ich beging ihn auch und bin nur um Haaresbreite dem gleichen Schicksal entgangen. Wie gesagt, ich arbeitete als Programmierer. In einer anderen Abteilung dieser großen Firma arbeitete ein Mann, der schon seit Jahren hier beschäftigt war und das uneingeschränkte Vertrauen der Geschäftsleitung gewonnen hatte, und dennoch wurde ich das Gefühl nicht los, dass dieser Mann ein doppeltes Spiel trieb. Ich erkannte es nicht aus seinen Taten, nicht aus seinen Worten, sondern nur daran, dass seine Worte nicht mit seinem Sein übereinstimmten. Ich kann es nicht besser beschreiben. Andere würden es wohl eine Ahnung nennen, doch es war eine abgrundtiefe Diskrepanz zwischen Wesen und Ausdruck. Natürlich war ich verunsichert. Schließlich hatte er einen guten Ruf, war gut situiert und hatte auch sonst nichts, was rein äußerlich gesehen auf irgendeinen Zwiespalt hinweisen würde. Ich begann mir selbst zu misstrauen, doch es ließ sich nicht verleugnen. Umso öfter ich mit ihm zu tun hatte, desto stärker wurde mir der Widerspruch bewusst. So begann ich insgeheim Ermittlungen anzustellen. Ja, ich spionierte ihm hinterher, doch einfach dadurch, dass ich seine Tätigkeiten am Computer verfolgte. Ich brauchte meinen Sessel nicht einmal zu verlassen. Und da fand ich es. Er verkaufte im großen Stil Daten an ein ausländisches Konsortium. Alles, was ich über den Auftraggeber herausfand war ein signifikantes Symbol, mehr nicht, aber ich hatte genug gegen ihn in der Hand, um ihn zu überführen. Danach ließ ich den Programmiererjob sein und machte mich als Fraud-Analyst selbständig. Das mache ich bis heute."

Ich nehme einen weiteren Schluck Tee. Mehr gibt es nicht zu sagen, meine ich, oder doch?

* * *

Vieles, was einem am eigenen Leben selbstverständlich ist, ist es für einen anderen ganz und gar nicht. Das ist alles, was es über mein Leben zu berichten gibt, denke ich. Eigentlich nicht viel, was von vierzig Jahren Leben übrigbleibt, nicht viel, was erwähnenswert scheint.

„Aber worin bestand der gravierende Fehler?", fragt Lana, und ich bemerke, dass ich es tatsächlich unter den Tisch fallen ließ. Aber wer erzählt schon gerne von seinen Fehlern?

„Es war ein, strenggenommen, kleiner Schnitzer, doch er wirkte sich verhängnisvoll aus. Dabei geschah es aus purer Eitelkeit, desto peinlicher für einen Mann in meiner Position", beginne ich das Geständnis meiner eigenen Unzulänglichkeit, „Ich sagte ja, ich habe in diesem Jahr Jasmin kennengelernt, und aus irgendeinem, mir heute unverständlichen Grund, meinte ich, sie beeindrucken zu müssen. Sie ist eine ebenso starke und erfolgreiche Frau wie meine Mutter es war, nur dass sie neben sich andere Menschen außer den Kindern duldet und ihrer annimmt."

„Letztendlich suchtest Du also die Anerkennung Deiner Mutter, die nicht mehr in der Lage war, sie Dir zu geben", unterbricht mich Nona leichthin. Ich sehe sie entgeistert an. Warum ist mir das noch nie aufgefallen, während all der Jahre, was diese Frau, die mich erst kurz kennt, so selbstverständlich und leicht dahinsagt?

„Du hast wahrscheinlich recht", räume ich ein, „Und ich dachte mir immer, ich sei so hellsichtig was Menschen betrifft, nur bei mir selbst bin ich offenbar blind."

„Das ist nichts Ungewöhnliches", entgegnet Lana, „Man neigt dazu, Dinge auszublenden, die man nicht sehen will. Ich denke, es ist nicht von ungefähr gewesen, dass Du Dich so schnell mit einer anderen Frau verbunden hast. ,Bis dass der Tod Euch scheidet' – das verspricht man vor dem Altar, aber die Eltern-Kind-Bindung braucht solch ein Versprechen nicht, weil man aus dieser Rolle nicht herauskommt, wahrscheinlich auch noch über den

Tod hinaus, denn wir bleiben immer die Kinder unserer Eltern oder die Eltern unserer Kinder. Es lebt in uns, unausweichlich und oft folgenschwer. So wie wir uns selbst nicht entkommen können, so auch nicht unseren Beziehungen, die in uns leben und uns bis zu einem gewissen Grad formen. Du wolltest auf diese Sicherheit nicht verzichten. Sehe ich das richtig?" Lächelnd sieht sie mich an.

„Und was soll verkehrt daran sein? Was hätte ich mir vorzuwerfen?", brause ich unvermittelt auf, ohne selbst den Grund zu wissen. Ist es die Erkenntnis, die ich nicht will?

„Es ist gar nichts verkehrt daran", versucht Lana mich zu beschwichtigen, „Es ist nur wichtig zu sehen, um sich selbst besser zu verstehen, vor allem, dass Du wohl ein wenig was über das ausländische Konsortium ausgeplaudert hast und sei es nur das Symbol."

„Und es klingt mir ganz nach einem Konsortium, das – wie soll ich das sagen – sich nicht unbedingt immer im engen Rahmen der Legalität bewegt", setzt Nona hinzu.

„Ja, das ist so", sage ich, und vor lauter Verblüffung vergesse ich darauf wütend zu sein, „Aber woher wisst ihr das?"

„Wir sagten ja, das ist unser Job. Du erinnerst Dich?", entgegnet Nona, verschmitzt lächelnd, „Eigentlich dasselbe, was Du machst, nur machen wir es im Leben und nicht mit Daten."

„Und seitdem verfolgt mich dieses Konsortium. Ich habe mir nie wieder einen Fehler erlaubt, nie wieder etwas von meiner Arbeit preisgegeben, doch das lässt mich nicht mehr los."

Nie wieder in meinem Leben hatte ich solche Angst wie damals, als mir der Mann einen Besuch abstattete, der Mann mit dem Symbol am Handgelenk.

* * *

Diese Angst hatte etwas Lähmendes, denn ich wusste nicht, wann sie zuschlagen würden. Doch die Gefahr war immer präsent, und es musste auch nicht heute oder morgen sein. Oft konnten viele Jahre vergehen. Zeit genug, um sich in Sicherheit zu wiegen, doch dann kam es, wie ein Schlag aus heiterem Himmel über einen, wenn man nicht mehr damit rechnete.

„Vielleicht war es das, was ich gesehen habe, dort am Flughafen, was mich so in Panik geraten ließ", mutmaße ich nun.
„Das klingt natürlich sehr plausibel. Versuch Dich zu erinnern", sagt Nona abwägend.
„Ich zermartere mir schon die ganze Zeit das Hirn. Das einzige, was mir einfällt, ist eine Hand, die mir unter all den anderen auffiel. Möglich, dass sie das Symbol zierte, aber das war immer an der Innenseite des Handgelenkes eintätowiert und ich kann noch nicht einmal sagen, ob mir diese Hand, die mich schaudern ließ, den Rücken oder die Innenfläche zeigte. Es war auf jeden Fall schlimm

genug, dass ich Hals über Kopf davonlief, dabei bin ich normalerweise gar nicht kopflos. Es kann eigentlich nur so gewesen sein. Und doch, ich kann es nicht sagen, nicht mit letzter Gewissheit. Es war unwirklich, und doch gleichzeitig deutlich ...", finde ich mich selbst in meinen Gedanken nicht mehr zurecht.

„Was ist das für ein Symbol, das sie am Handgelenk tätowiert haben?", fragt Lana nach.

„Ein schlichtes Pentagramm", erwidere ich kurz.

„Also ein unscheinbares Symbol. Wir haben uns längst daran gewöhnt. Unsere Welt ist überfrachtet von Symbolen. Es fällt eigentlich nicht weiter auf. Auch Tätowierungen nimmt man kaum mehr wahr, weil sie so überhandnehmen und selbst in der guten Gesellschaft, in der sogenannten, keine Ächtung mehr finden. Aber ich würde sagen, Du lässt es jetzt einmal ruhen. Vielleicht kommt es noch", versucht Lana mich zu beruhigen, „Wir haben jetzt was zu erledigen."

„Ach, haben wir das?", entgegnet Nona stirnrunzelnd, „Und was bitte soll das sein?"

„Wir fahren zum Flughafen und schauen was dort los ist", erklärt Lana wie selbstverständlich, „Ich weiß ja nicht, ob das funktioniert, wenn Du nicht auf der Boarding Liste stehst."

„Ich stehe aber drauf", gebe ich zurück, „Ich habe das kurz einmal gemacht."

„Wie hast Du das gemacht?", fragt Nona erstaunt.

„Hör mal, das ist mein Geschäft, und die Sicherheitsvorkehrungen bei den Daten am Flughafen sind alles andere als berauschend, also

114

zumindest für meine Begriffe", erkläre ich, nicht ohne ein klein wenig Stolz, wie ich zugeben muss. „Dann wäre das ja geklärt", wirft Lana ein, „Aber jetzt lass uns fahren. Wir sollten sehen wie die Lage ist."

„Wirst Du noch da sein, wenn wir zurückkommen?", fragt Nona unvermittelt und sieht mich skeptisch an.

„Wo soll ich denn hingehen?", frage ich, und versuche meiner Aussage einen scherzhaften Unterton zu verleihen, doch ich merke, dass es mir nicht gelingt. Es klingt eher nach dem sprichwörtlichen Lachen, das im Hals stecken bleibt. Mir wird bewusst, dass sie mich hier allein lassen wollen, und was wäre, wenn es wieder passiert? Wohin könnte ich jetzt noch fliehen? Vielleicht war es wirklich einer vom Konsortium, der mich davonlaufen sah und sie haben mich verfolgt, bis hierher, und warteten nun nur auf eine Gelegenheit, mich alleine anzutreffen. Niemand würde irgendetwas merken, wenn ich wirklich verschwände, denn ich hatte ja alles vorbereitet, war offiziell tot. Ich hatte ihnen also quasi den Weg geebnet. Mir schaudert bei dem Gedanken.

„Und mach Dir keine Sorgen, Cora ist da und passt auf", sagt Lana ernst, als hätte sie meine Gedanken gelesen, „Und Du darfst das Mädchen nicht unterschätzen. Sie wirkt zwar träge und gutmütig, aber das heißt nichts."

Und damit gehen sie fort. Es ist dennoch ein seltsames Gefühl. Ich sehe nochmals zu dem Hund hinüber, der vor dem Kamin schläft. Es wirkt gar nicht danach, dass Cora sich durch irgendetwas aus der Ruhe bringen ließe. Aber kann der Eindruck nicht täuschen? Ich versuche, mich damit selbst zu beruhigen.

* * *

Zwei Minuten später stehen Nona und Lana wieder in der Türe.

„Da ist noch was, was uns interessieren würde", sagt Nona atemlos, „Ist es nicht seltsam, dass eine kriminelle Vereinigung ein Zeichen trägt, noch dazu so ein auffälliges an einer Stelle, an der es jeder sehen kann?"
„Es hat doch einige Zeit gedauert bis ihr das bemerkt habt", kann ich mir nicht verkneifen zu sagen.
„Ja, ja schon gut, das haben wir uns verdient, aber was hat es jetzt damit auf sich?", lenkt Lana ein.
„Nun, das ist da das Perfide. Diese Vereinigung, nennt sich selbst ‚Ceo-rugadh'. Das ist irisch und bedeutet so viel wie ‚Nebelgeborene'. Dazu passend das Symbol des Pentagramms, so voll mit mystischen Konnotationen, dass die Phantasie einen wohl weit trägt", erkläre ich kurz, „Das heißt, es ist alles ganz offiziell. So können sie sich unbeschwert in magischen Zirkeln treffen. Eine wahrhaft weltenthobene Sache, offenbar. Doch dazu kommen relativ weltliche Aufnahmekriterien. Zunächst einmal muss der Werber über ein

bestimmtes Vermögen und ein gewisses regelmäßiges Einkommen verfügen. Dazu kommt die Fürsprache von mindestens fünf Mitgliedern, die den Werber ein Jahr lang testen dürfen. Das, was hinter geschlossenen Türen geschieht, das ist eine andere Sache. Weit entfernt von jeglicher Mystik oder Magie betreiben sie beinharte Geschäfte, die nicht immer legal sind. Allerdings auch nicht unbedingt illegal. In diesen Bereich begeben sie sich jedoch nur, wenn es unvermeidlich ist, wobei die Grenzen leicht verschwimmen. Es handelt sich mittlerweile um ein weltweites Netzwerk, das dank der seriösen Geschäfte auch offen auftreten und deren Mitglieder die Hotelrechnungen von der Steuer absetzen können – aber das nur nebenbei. Wesentlich ist, dass sich jedes Mitglied für jedes andere verpflichtet fühlt, ebenso stark, wenn nicht sogar noch stärker als für die eigene Familie. Und so wie man auch die Familie gegen äußere Feinde schützt, so auch die Gemeinschaft ihre Mitglieder und damit letztlich das Gesamte. Das was ich gemacht habe war ein Angriff gegen die Gemeinschaft. Das wollten sie sich nicht bieten lassen."

„Ja, aber Du hast doch nur ausgeplaudert, was alle Welt weiß?", meint Nona.

„Wenn es nur das gewesen wäre", sage ich langsam, „Ich habe diese Informationen mit anderen verknüpft. Vielleicht hat es auch genügt, dass ich überhaupt von ihnen sprach. Ich bekam von einem der Mitglieder den Auftrag, einen Angriff auf ihre Daten zu verhindern und diese so zu schützen, dass es auf weiteres nicht möglich wäre, einen weiteren Angriff umzusetzen. Das tat ich. Vielleicht genügte es schon zu erwähnen, wer überhaupt mein Auftraggeber ist. Es scheint schon beinahe eine Paranoia zu sein, so wie sie ihre Geheimnisse schützen, aber eines kann man getrost sagen – gerade der Schritt in die Öffentlichkeit, dieses Zur-Schau-Stellen, ist die beste Tarnung. Man muss der Welt einen Grund bieten, und sei er noch so absurd, dann kann man sich ungehemmt austoben."

„Das stelle ich auch immer wieder fest, dass das Offensichtlichste nicht in Erwägung gezogen wird", sagt Lana sinnend, „Alle halten sich für so super schlau und meinen nur, dass ihre Meinung richtig ist. Was dem entgegen steht, wird als unsinnig abgetan, dabei sind sie die Engstirnigsten, die die anderen dessen beschuldigen und nicht sehen, dass auch sie irren können. Vielleicht sehen sie nur zur Hälfte hin, hören nicht bis zum Ende zu und sind dennoch mit ihrem Urteil schon fertig. Präpotentes Pack!"

„Das ist der Stoff, aus dem die wirklich guten Geschichten gemacht sind, aus der einfachen Wahrheit, schlicht und einleuchtend", stimmt Nona ihr zu.

„Wie viele Missverständnisse könnten verhindert werden, wenn die Leute nur bereit wären bis zum Ende zuzuhören", sage ich seufzend.

Mein Blick schweift zu Cora, die immer noch friedlich schlafend auf dem Kaminvorleger liegt und als ich nochmals zur Tür sehe, sind die beiden verschwunden, nun wirklich unterwegs zum Flughafen.

* * *

Wenige Minuten später erreichen Nona und Lana den Terminal. Es herrscht reges Treiben, wie immer. Leute kommen an und fliegen ab. Nichts ändert sich, auch nicht durch ein Unglück. Man nimmt es zur Kenntnis.

„Schrecklich, dass so etwas passieren kann" oder „Die armen Angehörigen, wenn jemand von meiner Familie in dieser Maschine gesessen wäre ...", wobei man offen lässt was dann gewesen wäre. Man wartet vergebens auf die Vollendung dieses Satzes. Es ist genug gesagt. Man kann sich abwenden und den Dingen nachgehen, die man für notwendig erachtet. Warum auch nicht? Man kann nichts besser machen, wenn man sich nur einen Moment länger als notwendig damit befasst. Allerdings sind das auch immer wieder die Dinge, die sich wunderbar in Gesellschaft breittreten lassen. Mit sensationslüsternem Blick, Geifer im Mundwinkel stößt man hervor: „Hast Du schon gehört? Ist das nicht schrecklich? So viele Tote." Ja, man sagt ‚es ist schrecklich, aber worüber würden wir reden, wenn es all diese herrlichen Schrecklichkeiten nicht gäbe? „Sieh nur, dort müssen wir hin", sagt Nona und zieht Lana hinter sich her, die sich ein wenig unwohl fühlt. Sie hasst Orte, an denen viele Menschen sind, und hier ist eine Unmenge von ihnen. Es ist ihr einfach zu viel. Überall wuselt es und sie kann es nicht überblicken, geschweige denn einen Zusammenhang erkennen. Das widerspricht ihrem methodischen Geist am allermeisten, diese Zusammenhanglosigkeit. Und während Lana damit beschäftigt ist, in dieser, ihr so unangenehmen, Lage unterzugehen, lässt sie sich von Nona willenlos durch die Halle führen. Endlich erreichen sie einen Schalter, der offenbar eigens dafür besetzt wurde, den Angehörigen der Passagiere, die im explodierten Flugzeug saßen, Anlaufstelle zu sein. Ungefähr eine halbe Stunde später steht nur mehr eine blonde, hochgewachsene Frau vor ihnen. Lana, immer noch mit sich selbst beschäftigt, lässt es teilnahmslos geschehen, doch Nona ist aufmerksam. „Guten Tag!", sagt die blonde Frau vor ihnen, „Mein Name ist Jasmin Klenk. Mein Mann Viktor sollte in der Maschine gewesen sein."

Was zunächst noch in Frage stand, ist nun Gewissheit. Ein leichtes Kopfnicken der Stewardess genügt. Wortlos dreht sich die Frau um und geht.

„Bitte, was kann ich für Sie tun?", wendet sich die Stewardess nun an Lana und Nona.
„Danke, Sie haben uns schon geholfen", antwortet Nona rasch und folgt der blonden Frau, Lana immer noch im Schlepptau.
„Entschuldigen Sie!", sagt Lana kurz, als sie Jasmin Klenk anspricht, „Wir kommen von der Firma, für die Ihr Mann arbeiten sollte, also in London und wurden nun hierhergeschickt, um zu sehen ob ..."

Lana bricht ab, aber es genügt. Traurige, blaue Augen sehen sie teilnahmslos an, die Augen einer Frau, die gerade eben erfahren hat, dass ihr Mann nicht mehr wiederkommt, weil er unausweichlich tot ist, aber auch Lana wird nun aufmerksam, weil sie gerade erfahren hat, dass sie für eine Firma arbeiten. Aber für was für eine? Für einen Moment vergisst sie ihr Unbehagen und erwartet gespannt die Reaktion der Frau des Mannes, der lebendig bei ihnen zu Hause auf der Couch sitzt. Am liebsten hätte sie es ihr gesagt, aber das darf nicht sein.

„Würden Sie mit uns einen Kaffee trinken?", schlägt Nona vor. Jasmin nickt.
„Für welche Firma arbeiten Sie?", fragt die Frau, nachdem sie sich in ein Cafe begeben haben.
„Das dürfen wir Ihnen leider nicht verraten", erwidert Nona so prompt, als hätte sie sich ihre Antwort ganz genau überlegt, „Geheimhaltung, Sie verstehen?"
„Ja, ich weiß. Bei meinem Mann war immer alles geheim, aber das spielt keine Rolle mehr", meint Jasmin resigniert.

Und als Lana kurz aufsieht, sticht ihr ein Symbol ins Auge, das ihr bestätigt, dass Viktor wohl die Wahrheit gesagt hat, ein Pentagramm.

* * *

Jasmin rührt in ihrem Kaffee um. Es ist, als wäre sie verloren darin, als möchte sie weder zurück noch nach vorne sehen, ja als würde sie sich wünschen, dass sie jetzt und jetzt aus diesem Alptraum geweckt werden würde. „Wie soll ich das nur den Kindern erklären?", denkt sie betrübt, „Was gibt es daran überhaupt zu erklären?" Dabei steht sie sich wohl am meisten selbst im Weg, denn irgendetwas sagt ihr, dass ihr Mann, der Vater ihrer Kinder noch lebt. Natürlich weiß sie diese Reaktion sehr gut einzuordnen, nachdem sie als Psychiaterin sehr oft mit Trauer konfrontiert ist. Wäre sie nun selbst eine ihrer Patienten würde sie es als Verleugnung bezeichnen. Natürlich spricht alles gegen ihre These. Viktor wollte dieses Flugzeug nehmen. Er steht auf der Boarding Liste, so dass er in das Flugzeug gegangen sein musste, und dennoch sträubt sich alles in ihr dagegen, das anzuerkennen. Sie weiß natürlich über seine Fähigkeiten Bescheid. Schließlich kennt sie ihn schon lange genug. „Wie er damals eine Vorrückung machen wollte in der Warteliste der Wunschschule ihres ältesten Sohnes", denkt sie und ein leichtes Lächeln huscht bei diesem Gedanken über ihre Züge, aber nur ganz kurz, denn da sie aufblickt, sieht sie die beiden Frauen, die angeblich für die Firma arbeiten, die Viktors Dienste in Anspruch nehmen wollte. Aber was sagt ihr, dass das auch stimmt? Oder sollte dies das Anzeichen einer aufkommenden Paranoia sein?

Lana beobachtet den Mann mit dem Pentagramm so unauffällig wie möglich, während Nona ihren eigenen Gedanken nachhängt. Es schreit förmlich in ihr, Jasmin die Wahrheit zu sagen. „Ihr Mann lebt,

Ihr Mann, der Vater Ihrer Kinder", möchte sie sagen, doch was, wenn es stimmt, wenn er wirklich in Gefahr schwebt? Jede Information, die sie an seine Frau weitergeben würde, würde auch diese und ihre Familie in Gefahr bringen. Doch andererseits hat sie nach Nonas Ansicht ein Recht auf Information. Was wiegt schwerer, der Wunsch nach Sicherheit oder das Recht auf Information? Viktor will es, dass es so aussieht, als wäre er tot, zumindest eine Zeitlang, doch Nona weiß nicht, warum er das will. Natürlich, um sich selbst in Sicherheit zu bringen, doch das zu überlegen fällt sehr viel leichter, wenn keine trauernde Ehefrau zugegen ist.

„Warum interessieren Sie sich für meinen Mann?", fragt Jasmin plötzlich, „Ich meine, normalerweise wird doch wohl keine Delegation geschickt, sondern höchstens ein Billet."
„So ein Billet wäre doch etwas hoch Offizielles", räumt Lana ein, „Und unser Besuch ist nicht offiziell. Ganz im Gegenteil, wir sind aus eigenem Antrieb gekommen. Nicht nur um Ihnen Unterstützung anzubieten, falls Sie diese in Anspruch nehmen wollen, sondern auch weil uns persönlich viel an Ihrem Mann liegt oder besser lag. Er war schon lange für uns beschäftigt, aber wir waren wohl diejenigen, mit denen er am engsten zusammenarbeitete. Dazu kommt noch, dass er uns einmal den Posten rettete, weil wir einen unverzeihlichen Fehler begingen. Seitdem fühlen wir uns in seiner Schuld stehend."

„Schuld ist kein Kriterium, und selbst wenn, dann wäre sie mit seinem ...", Jasmin ringt nach Worten, „Nun, jetzt erledigt, unter diesen Umständen."
„Ganz und gar nicht", widerspricht Lana entschieden, „Gerade jetzt soll sich erweisen, was ein Versprechen wert ist, und wir haben ihm versprochen, alles Notwendige zu tun, um ihm zu helfen, falls es eines Tages nötig wird. Und wir denken, dass es jetzt so weit ist."

Endlich ist ein Terrain erreicht, in dem Lügen nicht mehr notwendig sind, denn sie haben Viktor versprochen ihm zu helfen. Die beiden atmen auf, denn sie haben den Eindruck, nochmals die Kurve genommen zu haben und nun frei reden zu können.

„Er hat uns von seiner Mutter erzählt", beginnt nun Nona vorsichtig, „Und wir sind inzwischen überzeugt, dass sie nicht starb, weil sie einen Fehler begangen hat, sondern sie wurde ermordet."

Jasmin hebt den Blick verwirrt, aber fest: „Davon bin ich völlig überzeugt!"

* * *

Lana und Nona sind am Flughafen und ich allein, zumindest ohne menschliche Gesellschaft. Der Presslufthammer arbeitet nicht mehr in meinem Kopf, doch ich fühle mich nach wie vor schwach und verbraucht. Ich schließe die Augen, denn ich habe den Eindruck, in Sicherheit zu sein. Als ich sie

124

wieder öffne, fällt mein Blick auf eine dunkle Gestalt am Kamin. Sie hat mir den Rücken zugewandt und blickt ins Feuer. Ich spüre, wie Panik in mir aufsteigt. Warum nur hat Cora nichts dagegen einzuwenden, dass dieser Mann da am Kamin steht?

„Ich muss von Euch weggehen. Ich bringe Euch in Gefahr", höre ich eine Stimme in meinem Kopf, von ganz weit her kommt sie. Der Mann aus meiner Erinnerung kehrt mir auch den Rücken zu, dann dreht er sich um und kommt zu mir. Ich sehe mich selbst mit ungefähr fünf Jahren. Im nächsten Bild kniet der Mann vor mir und hat meine Arme gepackt, als wollte er mich zwingen ihn anzusehen, doch ich weiß noch, dass ich nicht viel sehe. Tränen glitzern in meinen Augen, die ich tapfer hinunterschlucken möchte. Es ist schwer für einen fünfjährigen Jungen zu verstehen, was in die Erwachsenenwelt gehört.

„Aber warum können wir nicht mitkommen Papa?", höre ich mich selbst sagen, mit gebrochener Stimme.
„Weil es gefährlich ist, aber mach Dir keine Sorgen, ich werde Euch beschützen, auch wenn ich nicht da bin", versichert mir der Mann. Seine Hand fühlt sich seltsam an auf meinem Arm, als würde etwas fehlen, und ich blicke auf die eine Hand des Mannes. Das ist es, der Finger, der fehlt. Der rechte Zeigefinger ist abgetrennt. Das war es, was ich am Flughafen gesehen hatte, ohne es wirklich einordnen zu können.

„Ich war immer da", sagt der Mann leise, als hätte er gespürt, dass ich aufgewacht bin, oder vielleicht sagt er es nur zu sich selber.

„Was willst Du?", frage ich. Meine Stimme fühlt sich rau an, gebrochen, auch wenn ich mein Möglichstes tue, um ihr Festigkeit zu verleihen. Vergebens.

„Ich bin da, wie ich es immer war, um Dich zu beschützen", erklärt mir der Mann, der wohl mein Vater sein muss, den ich aber dennoch nicht als solchen zu erkennen vermag. Viel Zeit ist vergangen, seit ich ihn das letzte Mal sah, viel zu viel Zeit.

„Ach ja? Und warum ist meine Mutter dann tot?", frage ich gereizt, „Da war wohl nicht viel mit beschützen!" Meine Stimme überschlägt sich, und ich möchte doch so gerne souverän und kühl wirken. Es ist lange her und es macht mir nichts mehr aus, dass mein Vater mich im Stich gelassen hat, so glaube ich zumindest, aber meine eigene Reaktion belehrt mich eines Besseren.

„Das stimmt. Ich habe versagt", gibt er unumwunden zu, „Zumindest bei meiner Frau habe ich versagt, doch Dich habe ich bis jetzt nicht verloren. Immerhin."

„Als wenn das nicht reichen würde!", entgegne ich schnippisch.

„Du kannst mir glauben, Euch allein zu lassen, war das größte Opfer, das ich je erbringen musste, doch es galt entweder alle oder nur ich. Ich entschied, mich für Euch zu opfern, mein Leben und meine Identität aufzugeben."

„Ich denke, Du hast mir ein wenig mehr zu erklären, wenn ich Dir diese Schmierenkomödie abkaufen soll!", werfe ich ein, immer noch wütend.

Langsam dreht er sich zu mir um, geht die paar Schritte herüber und setzt sich in den Lesesessel, in dem zuvor Nona saß. Er sieht mich an. Sein Blick durchdringt mich, doch ich versuche, ihn nicht zu sehr an mich heranzulassen. Vielleicht überlegt er noch, ob er es wagen kann, näher zu kommen, doch er lässt es bleiben, noch.

„Gut, ich werde es Dir erzählen. Ich denke, Du hast ein Recht darauf", entscheidet er, „Und ich auch."

* * *

Gespannt sehe ich auf den Mann, der vorgibt mein Vater zu sein und jetzt wohl nach Worten sucht sich zu erklären.

„Deine Mutter und ich, wir führten wohl eine eher unkonventionelle Ehe. Ich weiß nicht, wie gut Du Dich erinnerst, aber Margrit hatte zwei große Leidenschaften in ihrem Leben, ihre Arbeit und Dich", beginnt er zu erzählen, während er mich zum ersten Mal anlächelt, „Was uns verband war unsere Arbeit. Sie war bestrebt, damit den Menschen zu helfen. Ich habe sie immer scherzhaft als moderne Marie Curie bezeichnet, so sehr ging sie in diesem Wunsch auf. Ich will mich jetzt gar nicht in Details verlieren, was ihren Durchbruch betrifft, doch sie

schaffte es, einen Pilz zu isolieren, der es ermöglicht
hätte die Lebensmittelproduktion in der dritten
Welt, auch bei widrigsten Bedingungen, zu steigern.
Allerdings war ich federführend, respektive trat ich
nach außen hin damit auf, denn sie war letztendlich
meine Assistentin. Leider wurde das Konsortium
auf diese Entdeckung aufmerksam, nicht zuletzt,
weil sie einen unserer Mitarbeiter für sich
gewinnen konnten. Sie wussten sofort, dass daran
jede Menge zu verdienen wäre und schlugen mir
einen Handel vor. Sie sollten das Patent
übernehmen und im Gegenzug würden wir für den
Rest unseres Lebens keine finanziellen Sorgen mehr
haben. Deine Mutter war entsetzt und schlug es
rundweg aus, ohne Wenn und Aber. Ich war ganz
ihrer Meinung. Als das Konsortium merkte, dass wir
uns nicht kaufen ließen, schlugen sie einen anderen
Weg ein und wollten das Patent nun mit Gewalt an
sich reißen. Um Euch zu schützen, täuschte ich
meinen Tod vor und nahm alle Unterlagen mit. Ich
hatte das Labor leergeräumt. Nichts mehr erinnerte
an diese Forschung. Offenbar war es mir gelungen,
alle zu überzeugen. Im Wrack meines Autos fand
man nichts mehr als meinen Finger. Alles andere
war verbrannt. Seitdem bin ich untergetaucht und
hatte Euch im Auge, die ganze Zeit über. Das
Einzige, was sie offenbar nicht glaubten, war, dass
Deine Mutter einfach alle Unterlagen fahren hatte
lassen. Sie bedrängten sie nach wie vor. Und zuletzt
gelang es ihnen sie mit dem unbekannten
Krankheitserreger zu vergiften. Ein völlig sinnloser
Tot, denn die Unterlagen waren längst schon bei

einer NGO, die sie allerdings nicht einsetzte. Ich weiß bis heute nicht warum."

„Wahrscheinlich, weil es niemanden auf der Welt gibt, der nicht käuflich ist!", werfe ich grimmig ein, „Aber warum tauchst Du jetzt auf? Wärst Du doch geblieben, wo Du warst! Verdammt!"

„Das wollte ich auch. Es geht auch gar nicht darum, mein Bild von mir in Deinem Kopf umzudrehen. Ganz abgesehen davon, dass es nach wie vor sehr riskant ist für Dich, wenn jemand entdeckt, dass wir uns gesehen haben."

„Das wird ja immer schöner!", schießt es unerbittlich aus mir heraus, „Erst lässt Du Dich jahrzehntelang nicht blicken. Dann tauchst Du einfach so auf, bloß um mir zu erzählen, dass Du uns so großartig beschützt hast, dass es ein Leichtes war meine Mutter zu ermorden, und dann bringst Du mich noch zusätzlich in Gefahr. So stelle ich mir doch einen guten Vater vor!"

„Ich will Dich warnen", sagt er ruhig, ohne auf meine Vorhaltungen einzugehen, „Du hast Dich auch mit den Burschen angelegt, ich weiß es, und planst jetzt dasselbe, was ich getan habe. Ich weiß nicht, ob Du Dir im Klaren darüber bist, was das bedeutet. Natürlich, Du hast die idealen Voraussetzungen. So ein Flugzeugabsturz ist wirklich eine optimale Gelegenheit, aber ich würde es nicht noch einmal machen, und wenn, dann nicht so."

„Und warum nicht? Erklär mir was daran falsch sein soll!", entgegne ich gereizt.

* * *

„Wo soll ich anfangen?", überlegt der Mann, der
behauptet mein Vater zu sein. Er spürt wohl meinen
Widerstand. Es muss mir ins Gesicht geschrieben
stehen, dass ich ihm am liebsten ins Gesicht
schleudern würde, dass ich ihn all die Jahre nicht
gebraucht hatte, und jetzt erst recht nicht. Niemals
war er mir abgegangen, nicht eine Minute. Ich tue es
nicht, vor allem wohl, weil etwas in mir ist, das
weiß, dass es nicht stimmt, dass ich nur versuche
mir was vorzumachen, doch das Wissen ist leise
und vergraben, noch. Hat es mir nicht jedes Mal
einen Stich versetzt, wenn ich die anderen Jungen
mit ihren Vätern sah? Wenn diese, mit vor Stolz
geschwellter Brust, ihren Nachwuchs vorführten?
Habe ich nicht all das vermisst, was Jungen mit
ihren Vätern machen? Vielleicht war es nur, dass ich
es nicht durfte. Meine Mutter versuchte es so gut
wie möglich auszugleichen, doch es gelang ihr nicht.
Niemals habe ich ihr einen Vorwurf gemacht,
niemals mich beklagt, weil ich sie nicht kränken
wollte. Lange versuchte ich mir einzureden, dass ich
es mir deshalb so toll vorstellte, weil ich es nicht
hatte, doch der Wunsch ließ sich durch nichts
kompensieren. Nicht nur, dass mein Vater nicht da
war, dass er uns freiwillig im Stich gelassen hatte,
aus Gründen, die mir reichlich fadenscheinig
vorkommen, er hatte auch meine Mutter auf dem
Gewissen. Was will er von mir? Die Absolution? Ich
beschließe, ihm nicht zu verzeihen, niemals.

„Nun, warum fängst Du nicht damit an, dass Du Dich abgesetzt hast, weil Du keine Verantwortung mehr wolltest, ein Leben ohne Verpflichtung und Rücksicht?", entgegne ich scharf, obwohl, für mein Empfinden, noch immer nicht scharf genug, denn worauf soll ich Rücksicht nehmen. Auf einen Mann, der mir völlig unbekannt ist? „Und vor allem, wer sagt mir, dass Deine Geschichte stimmt? Wer sagt mir, dass Du nicht einfach ein Schwindler bist?"

„Wie Du willst. Dein Lieblingskuscheltier mit fünf war eine grüne Giraffe. Du hast sie Knuffel genannt. Ich hatte sie Dir zum Geburtstag geschenkt und Deine Mutter musste sie immer heimlich waschen", beginnt er etwas unsicher.

„Das stimmt, aber das kannst Du auch irgendwo gehört haben", entgegne ich, immer noch voller Zweifel, „Wo ist Knuffel jetzt?"

„Bei mir. Du hast ihn mir damals heimlich in den Koffer gelegt, als ich wegfuhr", sagt er ungerührt. Ich fühle, wie meine Zweifel wanken, „Gut, aber was ist nun so schlecht an diesem Leben voller Freiheit und Verantwortungslosigkeit?"

„Vielleicht klingt es im ersten Moment nach Freiheit, aber letztendlich ist es die Freiheit eines Verfolgten. Niemals wieder wirst Du mit den Menschen zusammen sein, die Du liebst. Du wirst nicht an den Freuden teilhaben, die Deine Söhne erleben und Du musst immer Angst haben, doch noch entdeckt zu werden. Irgendwann fragst Du Dich, wer Du eigentlich bist. Und vor allem, es gibt kein Zurück mehr", versucht er seine Lage zu erklären.

„Aber Du bist doch zurückgekommen?", frage ich ausweichend, „Warum hast Du das getan, nach all den Jahren? Um wieder alles in Unordnung zu bringen und dann wieder abzuhauen?"

„Nein, weil ich die Zeit für gekommen hielt, manches in Ordnung zu bringen", erklärt er, und aus seiner Stimme klingt eine tiefe Müdigkeit, „Damals habe ich gedacht, dass endlich Ruhe einkehrt, wenn ich gehe, dass Du, Deine Mutter und jetzt Deine Familie, ein ungestörtes Leben führen können, aber sie lassen es einfach nicht gelten. Mein Opfer war sinnlos."

„Und nun willst Du ein Opfer das Sinn hat?", entgegne ich automatisch, „Opfer, was für ein großes Wort. Nicht vielen steht das Märtyrertum."

„Da hast Du wahrscheinlich recht, aber wir müssen es zumindest versuchen!", gibt er zurück, und sein Entschluss scheint unumstößlich, mit oder ohne meine Hilfe. Vielleicht gibt es wirklich noch was zu retten."

* * *

Lana und Nona saßen mit Jasmin beim Kaffee. Viel hatten die beiden inzwischen erfahren, über die drei Jungen, Benjamin, Samuel und Daniel, die Viktors ganzer Stolz waren. Jasmin zeigte sich einfühlsam und vor allem zuversichtlich.

„Die drei Burschen werden nicht ohne Vater aufwachsen", sagt sie, und es klingt sehr entschieden, so entschieden, dass Lana und Nona nichts anzumerken wagen, „Auch wenn alles dagegenspricht, ich weiß, dass er lebt."

„Und wir wissen es sowieso", denkt Nona, die sich mittlerweile äußerst unwohl in ihrer Haut fühlt. Da sitzt Viktor auf ihrer Couch und lässt es sich gut gehen und sie muss dennoch Jasmin im Ungewissen lassen, „Schäbig und hinterhältig ist es, was wir hier machen. Was wird Jasmin wohl sagen, wenn sie dahinterkommt, dass es so ist?"

„Was gedenken Sie jetzt zu tun?", fragt Lana ausweichend.

„Ich muss wohl nach Hause zu meinen Jungs", sagt sie, und es spricht tiefe Müdigkeit aus ihrer Stimme.

„Was werden Sie ihnen sagen?", wirft nun Nona ein, die sich wieder aus ihren Gedanken wurschtelt und in die Situation zurückkehrt, „Schließlich sind sie nicht mehr so klein."

„Ja, aber sie wissen nur, dass ihr Vater unterwegs ist. Nicht mehr. Es wird sie nicht sonderlich beunruhigen, wenn er länger weg ist", erwidert Jasmin trocken, „Noch brauche ich ihnen nichts zu erzählen, nichts zu erklären. Doch was sollte ich ihnen auch erzählen oder erklären? Warum soll ich ihnen Kummer bereiten, wenn es noch gar nicht notwendig ist?"

„Das ist natürlich wahr", entgegnet Lana ruhig, während sie darüber nachdenkt, wie weit ein Mensch wohl geht, der bestrebt ist die Wirklichkeit zu verdrängen, alles, was gegen die eigene Überzeugung spricht, einfach zu negieren, „Aber ja, noch ist Zeit", fügt sie resignierend hinzu.

Dann geht Jasmin. Lana und Nona blicken ihr hinterher.

„Eine bemerkenswerte Frau", sagt Lana anerkennend.
„Zu bemerkenswert, meines Erachtens", erklärt Nona nachdenklich.
„Wie meinst Du das?", fragt Lana irritiert, „Zeugt es nicht von innerer Stärke eine so schlechte Neuigkeit wegzustecken und dennoch aufs Beste zu hoffen."
„Oder von einer ungeheuren Gefühlskälte", erwidert Nona unumwunden, „Schau, entweder liebt sie ihren Mann. Dann kann man sich schon gegen die Wahrheit wehren, sie verleugnen, aber dennoch wäre ein Teil in Dir verunsichert, würde hoffen, bangen, zittern und wahrscheinlich auch trauern, aber so ohne eine Regung würdest Du es nicht hinnehmen. Oder sie liebt ihn nicht, dann ist es nicht schwer die Aufrechte, Tapfere zu spielen, weil es keine Rolle spielt."
„Du meinst, sie liebt ihn nicht? Du meinst, es ist ihr eigentlich egal was mit Viktor ist?", fragt Lana stirnrunzelnd.
„Genau das meine ich. Außerdem ist ihr der Mann gefolgt, der mir zuvor schon auffiel. Komm, wir sehen, wohin er geht", sagt Nona und schlendert langsam durch die große Halle, während sie den Mann mit dem Pentagramm nicht aus den Augen lässt. Als sie vor die Türe treten, sehen sie gerade noch, dass Jasmin und der Unbekannte in dasselbe Taxi einsteigen. Ohne weitere Überlegungen steigen sie ebenfalls in ein Taxi, um den beiden zu folgen.
134

„Perfekt, einfach zu perfekt wie sie ihre Rolle spielt", wiederholt Nona, als sie im Taxi sitzen und dem Fahrer Anweisungen geben.

„Und ich glaube es nicht", erklärt Lana, ohne ihre Freundin im Stich zu lassen.

„Weil Du es nicht glauben willst", erwidert Nona, „Und doch dürfen wir uns nicht von dem leiten lassen, was wir wollen."

* * *

Gerade eben noch saßen sie beisammen, tranken Kaffee und hörten sich ihre Geschichten an. Nona und Lana erzählten ihre erfundene und Jasmin eine rührende. Doch war sie deshalb wahrer als die andere? Könnte sie nicht auch erfunden, zurechtgezimmert worden sein?

„Was erwartest Du Dir eigentlich von dieser komischen Verfolgungsjagt?", fragt Lana genervt.

„Ich habe eine Ahnung, dass uns Jasmin belogen hat und ihre Beziehung zu Viktor, nun – sagen wir mal so – nicht nur persönliche Gründe hat", versucht Nona zu erklären.

„Und was für Gründe, bitte schön, könnte es denn sonst geben, als persönliche", gibt Lana spitz zurück, „Und überhaupt, geht das nicht ein wenig präziser, ein klein wenig zumindest."

„Also gut, nachdem Du offenbar mal wieder nicht aufgepasst hast, muss ich Dir alles nacherzählen", sagt Nona seufzend, „Wenn Du Jasmin genau beobachtet hättest, dann hättest Du bemerken müssen, dass sie zwar vorgab, traurig zu sein, wohl auch irritiert, doch im Ganzen ruhig und gelassen. Ihre Hände waren ruhig, ihr Blick stet und ihre Lippen versteckten ein Lächeln. Da war eine Teilnahmslosigkeit, zumindest auf emotionaler Ebene. Was sie dennoch in Unruhe versetzte, war das, was sie Gewissheit nannte bezüglich seines Ablebens. Ja, es wirkte, als wäre sie beunruhigt, dass er noch leben könnte und nicht, dass er nicht lebte."

„Weißt Du, was Du da sagst?", entfährt es Lana. „Natürlich, Du müsstest mittlerweile wissen, dass ich immer genau weiß, was ich sage. Ich teile Dir meine Beobachtungen mit und die unumgänglichen Schlüsse, die daraus gezogen werden müssen. Logisch gesehen gibt es keine andere Möglichkeit", erwidert Nona gelassen, als wäre es das Normalste auf der Welt, was es wohl auch für sie ist.

„Nein, ich meine, Du unterstellst ihr doch nichts anderes, als dass sie gegen ihren Mann arbeitet", stellt nun Lana fest, und scheint so dermaßen geschockt, als würde es Verrat und Betrug auf der Welt nicht geben.

„Wie wunderbar, wie süß naiv Du doch bist. Dafür liebe ich Dich", erwidert Nona mit einem zuckersüßen Lächeln, „Nach all dem, was wir miteinander schon erlebten, kannst Du Deinen Glauben daran immer noch aufrechterhalten, dass Eheleute treu und aufrecht zueinanderstehen, dass Kinder ihre Eltern ehren usw. usf. Es fasziniert mich immer wieder. Einerseits beneide ich Dich darum, die Welt so positiv sehen zu können, aber andererseits wirst Du Dir damit immer den Blick auf die Wahrheit verstellen."

Das Taxi hält. Die Unterhaltung stockt, denn Nona und Lana springen aus dem Wagen und sehen gerade noch, dass Jasmin mit dem Unbekannten ein Lokal betritt. Sie folgen den beiden, so rasch und unauffällig wie möglich. Der Mann mit dem Pentagramm steuert einen Platz am Fenster an, als wollte er die Umgebung im Auge behalten, während Jasmin in einer Nische Platz nimmt. Rasch schieben sich Lana und Nona in die Nebennische, wo sie weder von Jasmin noch von dem Mann entdeckt werden können.

„Und was meinst Du, ist er tot?", hören sie eine männliche Stimme aus der Nebennische. Der Mann versucht zwar seine Stimme zu dämpfen, aber sie ist zu durchdringend, als dass es gelingen würde. „Nein, Sixtus, ich fürchte nicht", hören sie die Stimme Jasmins unmissverständlich, „Ich weiß nicht, wie er es gemacht hat. Ich denke, er hat die Maschine gar nicht erst betreten. Aber warum?" „Irgendjemand hat ihn gewarnt", entgegnet der Mann, den sie Sixtus nannte, „Irgendwer hat uns verraten."

* * *

„Irgendjemand hat ihn gewarnt", flüstert Nona Lana zu, „Und wir wissen, was es war. Da sind wir doch eindeutig im Vorteil."

„Wenn Du das sagst", erklärt Lana mürrisch, die ihrer Freundin nicht recht folgen konnte.

„Komm, wir haben etwas zu erledigen", sagt Nona und zieht Lana mit sich fort. Jetzt ist nicht die Zeit, sich mit ihrer Begriffsstutzigkeit auseinanderzusetzen. Kurze Zeit später stürmt Nana ins Wohnzimmer, um sogleich stutzend innezuhalten. Viktor ist da und wohlbehalten, doch da ist noch ein Mann, den sie nicht kennt.

„Darf ich vorstellen?", fragt Viktor, ohne eine Antwort zu erwarten, „Das ist mein Vater, zurückgekehrt und bereit mir zu helfen." Und damit erzählt Viktor die Geschichte seines Vaters.

„Und wir wissen, dass es Jasmin war, die Deine Mutter vergiftete", erklärt Nona trocken.

„Unglaublich", ist das einzige, was Lana dazu einfällt, „Was wir alles wissen. Ich habe das bis jetzt nicht gewusst."

„Und das werden wir jetzt der Polizei übergeben. Sixtus ist der Kopf. Wenn er mit diesem Mord in Verbindung gebracht werden kann, dann wird auch der Rest der Organisation fallen", meint Nona zuversichtlich.

Wenige Tage später sitzen sie wieder beim Kamin, bei Tee und Scones. Alles ist erledigt.

„Was hast Du jetzt vor?", fragt Lana und schenkt Viktor ein zuckersüßes Lächeln.

„Ich werde mit meinen Jungs ein neues Leben anfangen", erklärt er, „Eigentlich wollte ich das schon vorher, nur eben ein wenig anders. Auch wenn es schmerzt zu wissen, dass man sich in

138

einem Menschen so getäuscht hat, so hat es doch auch sein Gutes. Endlich ist Verzeihen möglich. Wie viel Ungerechtigkeit gibt es in der Welt, einfach weil man zu wenig weiß, weil man nicht miteinander redet und wohl auch davonläuft."

„Und ich habe auch wieder eine Familie. Es ist das Beste, was mir passieren konnte", erklärt Viktors Vater, „Wir haben viel nachzuholen, obwohl, nachholen, ist das möglich? Aber wir sind jetzt zusammen, und das ist gut so. Wärt ihr nicht gewesen", und damit wendet sich Viktors Vater an Nona und Lana, „wer weiß was passiert wäre."

„Wohl wahr", meint Nona, während sie nachdenklich in ihrer Teetasse umrührt, „Wir sind doch einmalig. Ich zumindest."

„Es ist schon traurig wie wenig Selbstbewusstsein Du hast", entgegnet Lana sarkastisch, doch Nona lässt sich davon nicht beirren.

„Apropos, richtige Sicht auf die Dinge", sagt sie stattdessen, „Wenn Du diese Geschichte auf Deinen Blog stellst, achte doch darauf, dass ich ins rechte Licht gerückt werde. Tust Du das für mich?"

Statt einer Antwort steht Lana auf und lenkt den Strahl ihrer Leselampe um, so dass sie Nona geradewegs ins Gesicht scheint.

„So in etwa?", fragt Lana.
„Genau so", antwortet Nona überzeugt.

Dia.log

Inmitten von Menschen, umgeben, umringt, umzwungen, umzäunt, misstrauisch umschlichen, ängstlich weiträumig umrundet, je nach Temperament, und doch so viel Weite, diese erzwungene Nähe in der Straßenbahn, in der Wartehalle, in der Schlange, im Raucherhäuschen, erzwungene Nähe, die ein Graben ist, zwischen mir und den Umgebenden, Maßlosigkeit heuchelnd, verstummt, zu Boden blickend oder in die Unbestimmtheit. Und mitten in dieser menschlichen, leiblichen Ansammlung an Belanglosigkeit geschieht eine Irritation. Kaum wahrnehmbar, ein Hauch, den ich abschütteln könnte, so tun, als wäre er nicht geschehen. Ignoranz gegenüber dieser hauchfeinen, verblüffend feinen Irritation. Ignoranz gegenüber dem Schmetterlingsflügelschlag des Schicksals. Ignoranz gegenüber einer Aufforderung, die trotz ihrer Zartheit und scheinbaren Unbestimmtheit, mit aller Eindeutigkeit mich meint. Mich anspricht. Mich fordert. Und ich hebe den Blick aus der Unbestimmtheit, errieche den süßen Duft des Wollens und Gewollt-werdens. Und im Heben des Blickes kriecht er den Boden entlang und folgt dem Abschnitt, an dem sich der Graben schließt, während die anderen bestehen bleiben. Mit aller Eindeutigkeit zeichnet sich ein Weg, funkelnd, fluorisierend inmitten des sozialen Einheitsbreis, und am Ende des Weges, der sich bahnt, dem zunächst mein Blick folgt, um bei Dir anzukommen, geführt durch die Begradigung der Gräben, zu Dir, wo mein Blick sich hebt, an Dir emporrankt, bis er Deine Augen erreicht. Und Dein Blick ist denselben Weg gegangen, gestrandet wie Schiffbrüchige und doch angekommen.

Ob wir es wissen?
Du und ich?

Ob wir uns bewusst sind, der Tragweite, der Ernsthaftigkeit, des Seins im Moment und des Ausgriffs des Werdens, das daraus erwächst, erblüht? Sind wir uns bewusst, unserer Selbst, und all dessen, das wir mitbringen in diesen Blick, der es vermag, die Gräben aufzufüllen, zu begradigen, als hätte es sie nie gegeben?

Wir sind es nicht. Wir teilen nicht mehr ein und können es nicht. Am Ende des Begradigenden, gibt es keine Kategorien mehr, nur das Spezifische, Einzigartige, das gesprochene, gefundene, gerettete, gestattende Du. Alles andere versinkt in den Gräben, da wir aufeinander zugehen. Ich will nicht wissen was Du vorzuweisen hast, an all dem, dem die Welt so viel Wert beimisst, an Status oder sozialer Stellung, Rang oder Prestige, Erfolg oder Besitz.

In diesem Blick stehen wir nackt und bloß voreinander, voraussetzungslos, wie es sein sollte. Nackt und bloß, in paradiesischer Unschuld. Wir treten ein, in den durch die Grabenbegradigung ermöglichten, darin in Wirklichkeit setzenden Dia.log.

Ich will nichts wissen von alledem, was Dich vergleichbar macht, von alledem, was Dich in Relation setzen könnte und Dich damit relativiert von vornherein und die eben erst geborene Möglichkeit des Dia.logs, des Eintauchens in den Fluss der Worte, des Hin-und-Wieder des Sagens, den Kreislauf des Sich-Sprechens, vom ersten Moment an durchbricht, kappt und in der Trostlosigkeit versickern zwingt.

Was bleibt, wenn die Belanglosigkeiten des Habens, die Dir nicht nur nicht gerecht zu werden vermögen, sondern Dich zum Es degradierend sirenenhaft kreischend verhöhnen.

Wir sind einander wert und würdig, indem wir nichts sind als wir selbst, nichts erwarten, nichts bestimmen, nichts verkünden, nichts proklamieren, und in der Offenheit, der sich freispielenden Worte der Gegenseitigkeit verlieren ohne uns zu verlieren, vielmehr im Blick der Grabenbegradigung uns Du werden.

Der Eintritt in den Dia.log, in Freiheit und Wahrhaftigkeit, das Eintauchen in den Fluss der Worte, der uns umspielt, geschieht in der Adelung der ersten Ansprache, in der Annahme und im Geschenk, im Du.

142

* * *

Wir sehen einander an, die Blicke finden sich, und
die Welt um uns wird endgültig verschlungen von
diesen Gräben, diese Welt der Taxierungen und
Vorverurteilungen, diese Welt des Es und des Man,
diese Welt des Habens und Besitzens, diese Welt
der Kategorien und Schubladen, diese Welt der
Kälte und Ferne, diese Welt der Geworfenheit und
Unbehaustheit, versinkt in die Belanglosigkeit, in
der sie schon immer war, wenn wir uns finden und
nichts weiter voneinander wissen als dieses eine
kleine Wort, Du.

Namen nehmen Raum, legen fest. Herkunft setzt
Dich an einen bestimmten Platz, lähmt Dich.
Stellung lässt Dich eindimensional erscheinen,
halbiert Dich. Nur das eine Wort, das mit dem
ganzen Wesen gesprochene, das Du, setzt Dich in
Bewegung und lässt Dich in Deine Ganzheit und
Vielfalt, setzt Dich frei zu Deinen innersten
Möglichkeiten.

Wie befreiend ist es doch, das Du zu sprechen aus
dem Ur-Vertrauen jenes Anfangs, in dem das Interesse ein existentielles war und das Ver-stehen
wollen ein immanentes.

Und während wir langsam umspült werden von den
Worten, die dem Du-Sagen entfließen, wird auch die
Welt bunt, da sie das Echo des Du-Sagens ist, wie
ein vielstimmiges, allem Seienden entrungenes

Gloria, das wetteifert darin sich uns zu öffnen, die das Sehen wiedererlernten, eingetaucht in den Ur-Fluss des Wortes, dem alles Sein entsprang, Fundament tragend und in die Behaustheit wölbend.

Nur das eine Wort, das Du, das alle anderen in sich trägt und alle anderen aus sich gebiert, das Worten Wirkkraft gibt, solange sie aus dem Du werden und nicht in die Unverbindlichkeit und Armut des Es zurückrutschen.

Und so treten wir ein, in den Raum, in dem das Wasser des Wortes flutet, uns umflutet und umschmeichelt, treten wir ein und stehen darin, bleibend, werdend, seiend, in Wellen wie das umgebende Wasser, in sich ruhend und immer in Bewegung, in sich gleichbleibend und immer neu sich formend. Während wir uns demütig staunend dem Wunder dessen überlassen, das die Du-Werdung impliziert, dieser Renaissance, mitten im Leben, ganz gleich ob zu Anfang, in der Mitte oder auch nur im letzten Moment, bevor es wieder fortgespült wird in die Unendlichkeit der Ruhe und endgültigen Vergessenheit.

Selbst wenn es das letzte Wort ist, das sich uns entringt, ja selbst dann, wenn es nur mehr ein letzter Gedanke, ein letztes Sehnen ist, ist dieser Moment ein gelebter, und das Leben wird im Du-Werden in der Annahme der Unbedingtheit und Unhintergehbarkeit des Du.

Und während uns noch kurz der Gedanke streift, dass es da einmal war, das Es und das Man der Unbedeutsamkeit und auch gleich wieder abperlt, da es nicht mehr ist, da das Tote von uns abgestreift wurde wie die zu eng gewordene Haut einer Schlange, da wir das Leben atmen.

Und der Fluss der Worte, der uns umspült, durchdringt und einander zuträgt, nimmt uns ein in seine Form, lässt uns Fluss werden und Wasser und Entgrenzung, ohne sich zu verlieren. Die Worte fließen wie von selbst, als hätte es nichts gegeben zuvor, und könnte nichts anders mehr sein, in einer anderen Zeit, denn selbst wenn ich das Du nie wieder sprechen dürfte, Aug in Aug mit Dir, so bin ich es doch und spreche es mit mir, im Je-Jetzt der Gleichzeitigkeit, die die Kontinuität der Zeit als Gegebenheit aufbricht und unsinnig werden lässt, da das Leben nicht geschieht, nicht mit der Zeit, nicht gegen sie, sondern sie sich formend.

Eintauchen in den Fluss der Worte, der dem einen, einzigen, Leben, Wärme und Atem schenkenden Wort entspringt, dem Du.

* * *

Du, das ist der Anfang und das Ende.
Du, das ist der Eintritt und der Austritt,
Du, das ist die Fundierung und die Wölbung, Erde und Himmel.

Beim Eintritt in diese Welt sehen wir Augen, die uns empfangen, Augen, denen wir uns zuwenden, weil wir keine Wahl haben, als einzutreten in den Raum des Blicks, der uns das Leben umfassend ermöglicht, der uns annimmt, wortlos und ohne Vorgabe, einfach weil wir da sind, vorurteilslos und ohne Bedingungen.

Warum haben wir es so schnell verlernt? Warum haben wir uns so schnell einreden lassen, dass die Annahme an Bedingungen geknüpft ist und nicht in unserem Sein gründet, wo wir doch genau das erleben durften? Wie schnell haben wir es uns aus- und das Misstrauen einreden lassen, weil es eben so sein muss, und weil alles, was wert ist auch einen Preis haben muss, und weil es keine Selbstlosigkeit geben kann, und weil ohne viele, lange Worte kein Zueinander möglich sein kann? Warum haben wir so schnell auf die direkte, wortlose Verbundenheit vergessen? Warum müssen wir erklären, wofür es kein Erklären gibt? Warum müssen wir die Worte dehnen?

Viele Buchstaben, viel Aussage – und mit den vielen Buchstaben kommt die Verwirrung in die Welt, und die Sprachgestalt des Lebens an sich geht verloren.

Ich bin Wort, indem ich mich sein lasse.
Ich bin Wort, indem ich mich Du sein lasse.
Ich bin Wort, indem ich mich Dir Du sein lasse.

Wir treten einen Schritt zurück, und der eröffnende Blick wird zum Spiegel, in dem wir uns als Ich erkennen, und mit dem Erkennen entsteht der Wunsch nach Selbstbehauptung. Und mit der Selbstbehauptung meine ich mich gegen Dich schützen zu müssen, indem ich mich verschließe, alles dicht mache, Dich nicht mehr an mich heranlasse. Natürlich, Du musst es verstehen, denn es könnte ja sein, könnte immer sein, dass Du mich verletzt, dass Du mir zu nahekommst, meiner spottest und mich bloßstellst. Immer kann es passieren.

Aber dabei übersehe ich, dass ich, indem ich mich schütze, vom lebensspendenden Miteinander abtrenne, dass ich mich isoliere und vereinsamen lasse, indem ich das kleine, vereinsamte Ich festhalte, das in mir erst recht zugrunde geht, weil es nicht mehr atmen kann, weil es keinen Raum mehr hat zu sein.

Warum lassen wir uns so gerne einreden, dass die Gefahr der Verletzung immer vom Anderen ausgeht? Warum sehen wir nicht, dass die Verletzung, die wir uns durch unsere Isolation selbst zufügen, weitaus tiefgreifender ist, als es die durch den Verrat des Du je sein kann? Warum sehen wir nicht, dass wir uns als Menschen entfremden, indem wir versuchen und selbst nahe zu sein? Warum sehen wir unseren Wahn nicht, der meint, es ist Hab und Gut, das wir vor anderen verschließen, und nicht lebendiges Sein, das nur im Raum der Ansprache gedeiht?

Du bist Wort, indem Du Dich sein lässt
Du bist Wort, indem Du Dich Du sein lässt.
Du bist Wort, indem Du Dich mir Du sein lässt.

Und wir finden durch die Sterilität der langatmigen, abgenutzten Worthülsen zurück zur Einfachheit der Einsilbigkeit, zu den einfachen Worten, die Leben sind – und aus diesem Ursprung entsteht der wahre Dia.log.

* * *

Wirkmächtig ist das Wort. Einmal ausgesprochen, kann es nicht mehr zurückgenommen werden. Wie ein Gedanke, der nur ein einziges Mal durch den Kopf blitzt, um gleich wieder zu verschwinden, doch er hinterlässt Spuren.

Niemals wieder kann man hinter das einmal Gedachte wieder zurück. Noch schwerwiegender ist es mit dem Wort. Einmal ausgesprochen steht es im Raum und es gibt kein Zurück mehr, kein Ableugnen und kein Weigern. Es steht da wie der Stab, an dem sich der Hörende aufrichtet oder wie ein Mahnmal, das ewig erinnert, unverrückbar und unzerstörbar.

Worte können bewegen und aufrichten, bereichern und Trost schenken, Hoffnung verheißen und Zuversicht erwachsen lassen. Aber sie können auch richten und aburteilen, Schmerz und Leid zufügen, verhöhnen und verspotten, erniedrigen und vernichten.

Deshalb tragen wir die Verantwortung für jedes noch so unbedachte Wort, die Verantwortung für den gesprochenen und nicht mehr rückholbaren Gedanken, die Verantwortung für die Wirkmacht beim Hörenden.

Wirkmächtig sind die Worte, die gesprochenen, aber noch mehr die geschriebenen. Sie wirken über das einmalige Hören hinaus, werden hinausgetragen in die Welt und schaffen Verbindungen über die Zeiten, Generationen und Ansichten hinweg. Warum wären sonst so oft Bücher verbrannt worden, wenn sie nicht Auswirkungen hätten auf das Denken der Menschen, wenn sie nicht wirkmächtig wären, wenn sie nicht beeinflussten?

Habe den Mut Dich Deines eigenen Verstandes zu bedienen – sagte einst Kant, und immer noch wird er rezitiert, auch wenn wir immer noch nicht begriffen haben, dass der eigene Verstand mehr sein könnte als die Ansammlung von normalen, durchschnittlichen Gedanken, wir mehr Raum und Möglichkeiten hätten.

Worüber man nicht reden kann, darüber soll man schweigen – ein wahrhaft großer Satz, der den Schwätzern und Möchtegern-Wissenden Einhalt gebieten soll.

Nicht enden wollend wäre diese Liste, und wenn ich über den einen oder anderen Satz stolpere, egal von wem oder wann und er trifft mich, dann bin ich eingetreten in den Dia.log mit jenen, die lange vor uns waren, die uns zeigen, dass sich das Menschliche nicht verliert, die gründenden Fragen und Antwortversuche. Dann werden die Worte lebendig, als Gedanken derer, die längst nicht mehr sind. Dann versinke ich in einer anderen Welt, die sich mir eröffnet und meine bereichert.

Ich lese, weil ich weiß, dass es noch so vieles gibt, was erfahrenswert ist, weil wohl jeder Gedanke schon einmal gedacht wurde, aber mir je im Moment des Ins-Dia.log-tretens neu ersteht und wertig wird. Das ist der Grund, warum ich lese, weil sich der Raum des Dia.logs weitet, über die Unmittelbarkeit des Sprechens hinaus, weil es mich hinausträgt über die engen Grenzen meiner eigenen Lebenswelt, weil es Fragen aufwirft, die vorher nicht gewärtig waren und Antworten zu geben vermag, zu denen ich keinen Zugang hatte.

Lesen bedeutet Verstehen und Annehmen über unsere eigene Einengung hinweg, über uns selbst hinaus. Wenn wir bereit sind zu hören, uns dies offen und unvoreingenommen zusprechen zu lassen, so sind wir in den Dia.log eingetreten und stehen darin, und die Worte fließen zwischen Dir und mir, denn jede Ansprache, und sei es eine geschriebene, verlangt Antwort und Stellungnahme.

Und ich antworte, indem ich die Worte mich beeinflussen und verändern lasse.

Lesen bedeutet Dia.log über die engen Grenzen des einen, kleinen Lebens hinaus.

* * *

Der Mensch ist in der Lage, ja geradean dazu berufen und ausgezeichnet darin, Empathie zu zeigen, zu leben. In Deinen Augen lese ich Deine Freude wie Deine Trauer, Dein Glück wie Deinen Schmerz, und ich mache es mir zu eigen, gehe mit mit Dir, lebe es mit Dir, weine oder lache mit Dir, trauere oder freue mich mit Dir. Ich tauche ein in die Geschichte, die Deine ist, tauche ein und lebe sie mit, diese Deine Geschichte, die Dich prägte, die Dich vor mich stellte wie Du bist, in all Deiner Antastbarkeit und Verletzlichkeit, tauche ein in Deine Geschichte, in der Du Dich mir anvertraust, wenn Du es mir eröffnest, Dein Erreichen wie Dein Versagen, Dein Lieben wie Dein Hassen, Dein Wünschen wie Dein Verloren-sein, Dein Streben wie Dein Verzagen, in allem bist Du, und in allem bin ich Dir.

Und wenn jetzt jemand daran geht seine Geschichte festzuhalten, in einer Weise, dass sie uns zugänglich gemacht wird, so kann ich sie annehmen, aufnehmen und weiterreichen, kann mich darin finden oder mich entfernt fühlen, kann ich Dir erzählen, wenn ich mich fesseln ließ.

„Nimm mich beim Wort", und ich nehme Dich, indem ich die Worte, die Du mir schenkst, ernstnehme, nehme Dich an in Deinen Gedanken, in denen sich Dein Zugang zur Welt eröffnet. Und auch wenn Deine Erzählungen, Deine Gedanken schon lange Zeit tradiert wurden, auch wenn Du aus einer anderen Zeit, einem anderen Kulturkreis kommst, kann ich sie immer noch gewärtigen, Deine Geschichte, kann ich mir immer noch erzählen lassen.

Wie weit wirkt das Wort? Doch über alle Grenzen hinweg.

Wie lange wirkst Du? Solange Deine Geschichte gelesen wird. Solange sich auch nur eine findet, die Deine Geschichte liest und weiterträgt.

„Ich habe ein Buch gelesen", sage ich zu Dir, und indem ich es las, veränderte ich etwas an der Geschichte und die Geschichte änderte etwas in mir, denn durch die Geschichte, die ich noch nicht kannte, durch den Blickwinkel, den Du mir in Deiner Geschichte eröffnetest, werde ich selbst weiter. Es ist kein Verfälschen, sondern ein in mir weitertragen und weiterleben, über die Grenzen des einzelnen Mensch-seins hinaus, in mir, und in jeder, der ich diese Geschichte weitererzähle, bewirkt sie Veränderung und Erweiterung, bewirkt sie Neues und Unvorhergesehenes.

Nicht Literaturwissenschaftler und nicht Medien, nicht große Verlagsbosse oder Kulturkritiker, ja noch nicht einmal das hochhehre Komitee der Nobelpreisvergabe soll Dir sagen, was ein gutes Buch ist, was eine gute Geschichte ist. Nur Du selbst weißt es zu beurteilen. Dann machen geschriebene Worte für Dich Sinn, wenn sie Dich ansprechen und mitnehmen. Du entscheidest, was Du annimmst und was nicht. Du entscheidest auf wen Du Dich einlässt und auf wen nicht. Im Aufeinander-treffen mit anderen Menschen sollte dies selbstverständlich sein. Aber warum ist es das dann nicht bei Büchern? Warum lassen wir uns so viel aufschwatzen von sogenannten Expertinnen? Warum lassen wir uns in unserem eigenen Empfinden, in unserer eigenen Empfänglichkeit irre machen? Warum verlieren wir so leicht das Vertrauen in unsere innere Stimme? Warum lassen wir uns uns selbst so widerspruchslos entfremden? Warum sind wir so schnell bereit uns der Meinung anderer unterzuordnen, uns selbst zu verleugnen und zu negieren? Warum lassen wir es zu, dass jemand für uns entscheidet, was Kunst und was Schund, was hohe und was profane Literatur ist? Und warum muss Schund und profane Literatur von vornherein schlecht sein?

Denn nichts vom Menschen mit Empathie Geschaffenes, ist unwürdig tradiert zu werden, und wenn es nur ein einziger Gedanke ist, ein einziges Wort an der rechten Stelle, zur rechten Zeit, das mir weiterhilft, so hat es seinen Anspruch ernstgenommen und mich mit Leben erfüllt.

* * *

Ich sitze am Fenster und sehe hinaus. Die Welt ist so weit und unübersichtlich. So gänzlich uneinnehmbar und so befremdlich. Ich sehe hinaus und sehe Dinge, die ich benennen kann, aber nicht kenne, die in mir die Weite der Verlorenheit komponieren. Deshalb gehe ich weg vom Fenster, um meinen Blick einzuschränken, um nicht Gefahr zu laufen, mich dieser Weite der Verlorenheit preiszugeben, doch auch die Enge des Raumes vermag mich nicht meine Zersplitterung, meine Entfremdung aufzuheben. Deshalb schließe ich die Augen und wende mich in mich, doch in mir finde ich ein leeres, karges Feld.

Die Weite begleitet mich bis ins Innerste. Wohin sollte ich noch fliehen aus mir, wohin mich wenden, wo mich verstecken?

Ich sehne mich und weiß nicht wonach. Ich verzehre mich und kenne nicht das Ziel. Alles scheint sich in dieser unendlichen Leere zu verlieren, zu verwehen und unerreichbar zu sein.

Da gibt es nichts woran ich mich halten, woran ich mich klammern, worauf ich mich beziehen könnte. Kein Halt, kein Weg, keine Aussicht, und die stumpfe Unübersichtlichkeit trotz der Leere setzt sich in meinen Gedanken fest, lässt sie verstummen, erlahmen. Wohin mich auch wenden, wenn es nichts gibt, was einer Zuwendung wert wäre?

Es flimmert vor meinen Augen und die Wirklichkeit präsentiert sich wie ein Laser, der sich in mein Auge brennt und aushöhlt, wie die Landschaft, wie den Moment. Stumpf, blind und starr verharre ich, weil es nichts mehr zu tun gibt, weil die Hoffnung entschwand. Weil alles war. Weil alles geschehen ist. Doch da spüre ich eine sanfte Berührung. Meine Hand wird ergriffen und im ersten Moment will ich bloß davonlaufen, mitten hinein in diese Landschaft, die den Tod bedeutet, mitten hinein in die Ausweglosigkeit und in den Zirkel, aus dem ich eigentlich herauswill, doch in meiner Lähmung finde ich kein Handeln und kein Wollen mehr, und so überlasse ich meine Hand der Berührung, weil ich nichts mehr vermag.

Ich spüre, dass meine Hand berührt, ergriffen und umfasst wird. In der inneren Landschaft meiner Selbst beginnt es zu regnen und der Regen bringt das Grün und das Leben und das Werden zurück. Meine Finger beginnen sich zu bewegen und meine Hand umfasst die, die sie hält.

Frisches, saftiges, lebendiges Grün, das mich innerlich aufleben lässt. Die Sonne steht heiter am Himmel und lächelt mir zu, aufmunternd. Endlich vermag ich die Augen zu öffnen. Du hockst, so wie ich, am Boden, in der Ecke, in die ich mich zurückgezogen habe und hältst meine Hand.

Wie lange wohl schon? Wie lange es gedauert hat, bis ich die Berührung annehmen konnte? Es tut nichts zur Sache. Geduldig hast Du darauf gewartet bis ich so weit war, dass ich Deine Berührung annehmen konnte, dass es mir möglich war, die Augen zu öffnen und Deine Annäherung zu erwidern.

Mein Blick fällt in den Deinen und lässt ihn fliegen. Die Weite des Raumes ändert sich nicht, aber sie ist nicht mehr bedrohlich, sondern umgibt mich schützend.

„Du, ich bin froh, dass Du wieder da bist", sagst Du leise, und es ist nichts weiter. Bloß diese paar Worte, die mich zurückbringen und Geborgenheit schenken, die das Licht entzünden und klarsehen lassen, die mich erkennen lassen, dass das, was ich für eine Bedrohung hielt, eine Einladung darstellt, dass das, was Du mir bist, das Leben und die Hoffnung und die Sehnsucht und das Wagnis und das Lachen ermöglichen. Da ist kein Platz mehr für Sorge oder Furcht. Ich werde nicht mehr zurückrutschen in die Außenstellung des Es, denn Du hast mich Du werden lassen, in einem Blick, in

156

einem Wort, in einer Berührung, wo Du mich zurückholtest in das Fließen der Worte, in das Strömen des Lebens, aus dem ich herausgefallen war.

* * *

Ich habe es gekostet, das Wunder des Du-geworden-seins, das Wunder der Menschwerdung, der Inkarnation, der fleischgewordenen Annahme. Ich habe mich daran gesättigt und gelabt, an dem einen Wort, das etwas aus mir machte, was ich zuvor nicht war.

Oder doch? Hat es nicht eine Zeit gegeben, in der ich es war? Hat es nicht eine Zeit gegeben, in der ich das Wort nicht als gesprochenes gewahrte, sondern als seiendes, in der Vorsprachlichkeit meiner Existenz, in der ich noch so nahe am Sein war und noch nicht davon abgenabelt wurde? Hat es nicht eine Zeit gegeben, in der ich es einfach nur war, ohne es mir zuvor bewusst machen zu müssen? Hat es nicht eine Zeit gegeben, eine der vollkommenen Unschuld und Nähe? Hat es nicht eine Zeit gegeben, in der ich ganz war?

Dia.log, das Fließen der Worte zwischen Dir und mir. Allzu leicht lassen wir uns dazu verführen, dass diese Worte gesprochene sein müssen, artikuliert. Dabei ist gerade der Dia.log aus gesprochenen, artikulierten Worten, ein gebrochener. In seiner

Ursprünglichkeit bedurfte und bedarf der Dia.log keiner gesprochener, artikulierter Worte, um im Fluss zu bleiben, sondern nur den Augen.blick, den Blick der Augen. Noch bevor wir sprechen können, sprechen wir uns zu, im ersten Augenaufschlag schenken wir uns und empfangen.

Es war nicht notwendig Bitte oder Danke zu sagen, war nicht notwendig Du oder Ich zu sagen, war nicht notwendig zu erklären, denn erst mit den gesprochenen, artikulierten Worten kommt das Missverständnis zwischen uns, denn diese Worte sind allenfalls und nur in den wohlmeinendsten Ohren Annäherung an das Eigentliche, Lebendige, an das Sein.

Das ist seine Gebrochenheit. Im Wort der Vorsprachlichkeit sind wir, geben wir uns als wir selbst, empfangen wir als wir selbst und bleiben heil. Noch bevor wir sprechen, uns artikulieren können, sind wir aufeinander-hin. Wir sind offen und durchlässig, aufnahmebereit und gebensfähig.

Doch dann sollen wir uns artikulieren, und wir lernen es, lernen die Worte und ihre Bedeutung. Ein Tisch ist ein Tisch. Es geht noch an, wenn ich auf den Tisch weisen kann, wenn ich von ihm spreche. Dieser Tisch ist der Tisch, von dem ich spreche. Aber schon, wenn ich von einem Tisch spreche, der nicht da ist, so denkst Du an einen anderen Tisch als ich. So kommt es zu den Missverständnissen.

Mühsam lernen wir Worte, die uns nicht nur einander nicht näherbringen, sondern uns voneinander entfernen. Mühsam lernen wir Worte, die uns die Welt näher bringen sollen, weil alle meinen wir müssten uns doch verständigen können, können uns nur so einander verbinden, und dabei meinen sie eigentlich, dass alle die Ursprache verlieren müssen, wenn sie ihnen schon genommen wurde, diese Ursprache in der Wir uns selbst das Wort und das Zueinander und das Verstehen sind.

Im Anfang sind wir es, in aller Selbstverständlichkeit, um es uns dann abtrainieren zu lassen, so sehr, dass wir unserer eigenen Bedeutsamkeit misstrauen, die doch so offensichtlich ist. Mühsam und verunsichert müssen wir es erst wieder lernen, zu vertrauen auf unser Innerstes. Wir stopfen die Löcher, die uns durchlässig machten auf Dich, denn es wird uns lange genug eingeredet, dass wir misstrauen müssen, so wie allen anderen, und damit wird die Angst vor dem Verrat zur sich selbst erfüllenden Prophezeiung, denn wer den Verrat fürchtet und ihm entgehen will, begeht ihn, indem er dem anderen die Möglichkeit unterstellt.

Doch eines Tages kann es sein, das es uns wieder begegnet, dieses Unvoreingenommen-sein und uns erhebt in das vorsprachliche, unartikulierte, gelebte Du-Sein, in den Dia.log, der Du und ich heißt, und wenn wir das erleben durften, werden wir dahinter nie mehr Zurück können und uns immer danach sehnen, weil wir wissen, dass es sein kann, weil wir wissen, dass wir es sein können, lebendiger Dia.log.

* * *

Der Dia.log der Einheit, Ganzheitlichkeit, von Leib und Seele, der das Getrennt-sein noch nicht kennt, im Raum des vorsprachlichen, unartikulierten Wortes, wird gebrochen, indem wir sprechen lernen. Ganz natürlich, ganz menschlich, gehen wir in die Gebrochenheit und erachten es als Fortschritt. Was ja wohl auch seine Berechtigung hat, wenn man die Möglichkeit hat schnell und einfach darum zu bitten, dass einem das Salz gereicht wird oder man mit der Nachbarin den neuesten Tratsch verbreiten kann.

Doch wenn ich durch den Wald gehe, wenn ich mich einlasse auf die Stille und meine Gedanken, die das Neu-entdeckte der letzten Tage durchspielen, weiterspinnen und neue Gedanken gebären, wenn ich mich an deren Werden und sich gegenseitig Befruchten erfreue, wenn sich da ganz neue Konstellationen und Verknüpfungen finden, dann fällt es mir schwer die richtigen Worte zu finden, wenn mir eine flüchtige Bekannte über den Weg läuft und mich zwingt höflich zu sein, und höflich zu sein bedeutet, mich in Konversation zu üben. Genauerhin im Small Talk, oder was es noch besser zum Ausdruck bringt, im Fast Talk.

Ein schnelles Gespräch, nichtssagend, bedeutungslos. Phrasendreschereien. Nichts, was wert ist, behalten zu werden. Schade um all die schönen Worte, die da sinnlos verschleudert werden. Schnell, weil die paar höflichen Floskeln gleich einmal heruntergeleiert sind, und dann verabschiedet man sich wieder, denn jede hat es eilig. Wir gehen schon davon aus, dass die andere es eilig hat und wenn es die andere nicht eilig hat, dann fühlt sie sich genötigt, dies zu rechtfertigen. „Ausnahmsweise, ganz ausnahmsweise, habe ich es nicht eilig. Ich habe heute einen freien Tag", wird dann gesagt, wobei diese freien Tage dann vollgestopft werden, zumeist, mit all den Freizeitverpflichtungen, die man meint, schnell einmal abhaken zu müssen.

Ein schnelles Gespräch, das rasch vorübergeht, nicht tangiert, aber doch all die schönen Gedanken und Erkenntnisse von gerade eben vertreibt, und das für etwas, das nicht des Wortes wert war.

Fast Talk, weil es fast ein Gespräch ist, im Sinne von beinahe. Es benutzt zwar Worte, die eine aber nichts angehen. Es geschieht zwischen Dir und mir, doch es werden vorgefasste Antworten erwartet und gegeben, denn man will ja nicht unhöflich sein. Was soll denn die andere von einer denken. Doch die eigentliche Missachtung der Anderen liegt in diesen Beinahgesprächen. Dia.log im sprachlichen, artikulierten Sinne zeichnet sich durch Achtsamkeit aus, Achtsamkeit für Dein mich Ansprechen, auf die

Wahl Deiner Worte und die Gesamtheit Deines Sprachbildes, Deine Mimik, Gestik, Deine Blicke und Bewegungen.

Achtsamkeit macht aus einem Fast Talk einen Dia.log, in dem wir gemeint sind. Das ist Höflichkeit, sich die Zeit zu nehmen, Dir in der Achtsamkeit auf die Worte, die für Dich Inhalt und Bedeutung haben, Aufnahme und Annahme zu sein. Da bin ich auch bereit meine Gedanken fahren zu lassen, für Dich leer zu werden, damit ich Dir Platz bin für Deine Ankunft, dass ich Dich so weit verstehe, wie es nur irgend möglich ist.

Vollkommenes Verstehen ist in einer Welt der sprachlichen, artikulierten Worte nicht mehr möglich, in der, die Bedeutung schwankend ist, doch eine Annäherung ist möglich, wenn ich bereit bin offen und achtsam zu sein, wenn ich bereit bin mich auf Dich einzulassen. Achtsamkeit ist der Schlüssel, der einzige Schlüssel zu einem Verstehen, das über den bloßen Wortsinn weit hinausgeht, das Dich meint und Dich annimmt, das nicht im Vorübereilen geschieht, sondern im Stehenbleiben und auf Dich Einlassen, dass Dir Einladung ist zu Dir selbst, dass sich lebt und entwickelt und weitet und verstärkt in der Gegenseitigkeit des Werdens.

* * *

Egal wie viel es auch ist, immer ist es zu wenig.

Auch wenn ich alle Bücher dieser Welt nochmals neu entdecken würde, immer ist es zu wenig.

Egal wie tief ich dringe, immer ist es zu oberflächlich.
Auch wenn ich alle Sprachen dieser Welt spräche, niemals würde ich tief genug dringen können.

Egal wie sehr ich ringe, immer ist es zu schal.
Auch wenn ich alle Facetten des Menschlichen und Lebendigen bezeichnen könnte, immer wäre es leer.

Ich schreibe, immer weiter und immer fort, und doch ist es bloß eine Annäherung, nur ein Umkreisen, wie das Raubtier die Beute, doch da gibt es auch diesen gewissen Punkt, über den ich nicht hinauskann, der mich nicht vorwärtskommen lässt, und dabei geht es doch um nichts weiter als das Eigentliche verständlich machen zu wollen, als das, was in mir arbeitet und mich antreibt, und doch kann ich es nicht erreichen.

Wie sehr ich mich auch bemühe, es wird doch nichts weiter bleiben als ein billiger Abklatsch. Vielleicht verstehst Du, was ich sagen will. Vielleicht kannst Du über meine Worte hinausdenken, in das Unwortbare, doch sagen kann ich es nicht.

Und wenn ich mir die Haut vom Leib risse, um das frische Fleisch zu enthüllen. Es wäre kein Wort.

Und wenn ich mir die Brust entzweite, um mein Herz freizulegen. Es wäre kein Wort.

Und wenn ich meinen Schädel zertrümmere an der Mauer meiner Selbstbehauptung, um ihn in einzudringen. Es wäre kein Wort.

Und wenn ich mich ganz dahingäbe, mich gänzlich enttarnte, um mich in Offenheit zu zelebrieren. Es wäre doch kein Wort.

Fahl und leer und öde.

Natürlich geht es um die Liebe, es geht immer um die Liebe.

Und deshalb geht es immer um das Versagen. Mein Versagen.

Denn wenn Du Deine Hand in meine legst, wenn unsere Lippen sich finden, dann ist es die Wahrheit, und die Vielfalt aller Worte, die je gesagt wurden, die im Sagen sind und je gesagt werden, mehr als alles Sprechbare, denn es ist Wahrhaftigkeit und Leben und Leidenschaft.

Und doch mache ich weiter, trotz aller Unzulänglichkeit. Wenn es sein soll, so wohl bis zu dem Tag, an dem ich nicht mehr sprechen kann, an dem ich endgültig ausgesprochen haben werde, bis dahin ist es der Stachel im Fleisch, der mich antreibt und nicht zur Ruhe kommen lässt, der mich vorwärtsdrängt, immer weiter und weiter vorzudringen, um doch niemals den Kern erreichen zu können.

Ich werde weiterreden und weiterschreiben, weil ich nicht anders kann. Weil ich es mir auf die Fahnen geschrieben habe, Dir zu sein und Dir zu sprechen, weil etwas in mir ist, das mich nicht zur Ruhe kommen lässt, das mich anstachelt es in immer neuen, immer feineren und vielfältigeren Variationen zu sagen, was eine einzige Bewegung meiner Hand viel treffender sagen könnte, Du. Nichts weiter als Du.

Sinnlos. Letztendlich sinnlos.

Sinnvoll. Vielleicht, wenn ich mich Dir mitteilen möchte, und ich nichts habe als die Worte der Sprache, die letztendlich nichts auszusagen vermögen, was wirklich relevant ist, aber Dich auf die richtige Spur führen.

Du.

* * *

Ich sitze auf meinem Steg und der Mond spiegelt sich im Wasser. Eine kleine, zarte Gestalt nähert sich und bleibt in einiger Entfernung stehen. Sie zittert, als hätte sie Angst, wirkt müde und gebeugt. Dennoch hat sie den Weg auf sich genommen. Ich stehe auf und gehe ihr entgegen. Ihre Haut ist dunkel und ihre schwarzen Augen lassen sie fremdartig erscheinen.

„Hallo! Ich freue mich, dass Du da bist!", versuche ich sie aufzumuntern. Sie lächelt mich an. Sie antwortet, oder ich nehme vielmehr an, dass sie antwortet, denn ich verstehe ihre Sprache nicht. Deshalb nehme ich sie an der Hand und leite sie an die Stelle, an der ich zuvor saß, an die Stelle, von der aus ich den Mond bewunderte. Wir setzen uns und ich deute auf den Mond und sage Mond. Sie sagt Mond auf ihre Sprache. Ich wiederhole das Wort, um es mir einzuprägen. Dann deute ich auf mich und nenne meinen Namen. Sie tut das gleiche und nennt mir ihren Namen. Ich wiederhole ihn, um ihn mir einzuprägen. So verfahren wir mit vielen Dingen, die uns umgeben, um dann fortzusetzen mit kleinen Sätzen, und immer ist dieses Lächeln, das uns verbindet und uns aufmuntert. Und diese kleinen Berührungen, die das Annähern-Wollen signalisieren.

So lerne ich von ihr wie sie von mir. Ich lerne, dass jedes Ding einen Namen in ihrer Sprache hat, so wie sie ein neues in meiner Sprache lernt. Wir sind uns gegenseitig, Lehrende und Lernende. Doch es sind mehr als Worte, die wir lernen. Wir lernen eine neue Welt. Wir offenbaren uns einander. So kann es sein. So sollte es sein. Den Weg gemeinsam zu gehen, wo wir dereinst in Babel getrennt wurden.

Doch wie oft ist es passiert, dass die, die Macht hatten, die Sprache und damit die Wirklichkeit derer, die sie unterwarfen negierten und damit auslöschten? Wie oft passierte es, dass die Sprache als Machtinstrument missbraucht, wurde um die, die keine andere Wahl hatten, sprachlos zu machen? Wie oft flüchteten sich die Reichen in eine Sprache, die sie nur untereinander verstanden, um die soziale Kluft desto deutlicher werden zu lassen? Wie viele Woyzecks leben unter uns, weil wir ihnen das Wort verbieten und ihnen ihre Empfindungen beschneiden, um uns dann auch noch zu wundern, wenn sie ihre Marie morden? Warum wundern wir uns, dass Sprachlosigkeit zu Gewalt führt, wo wir diese Sprachlosigkeit selbst nährten und verursachten? Wie oft passiert es, dass wir uns genau über das empören, was wir selbst verursachten?

Dabei ist es für mich selbst erweiternd, wenn ich Neues lerne, wenn Du es mir erlaubst, die Welt durch Deine Augen zu sehen. So spannend und bereichernd, wenn ich in Deinen Worten Deine Geschichte, Deine Einstellungen zum Leben und zum Miteinander lerne.

Wovor sollte ich Angst haben? Anders ist weder besser noch schlechter, sondern einfach anders. Warum ist es nur so schwer, vorurteilsfrei, offenen Auges und offenen Herzens auf Dich zuzugehen? Stehe ich denn selbst auf so wackligen Beinen, dass ich fürchten muss, Du brächtest meine Welt ins

Wanken, ja ließest sie gar einstürzen? Und wenn es so wäre, sollte sie dann nicht auch einstürzen? Oder wäre es nicht allemal besser, dass wir unsere Welten einander annähern und voneinander durchfließen und erweitern lassen?

Am Ende dieser Nacht, kann ich mich in Deiner Sprache von Dir verabschieden und Du Dich von mir in meiner.

Am Ende dieser Nacht bin ich mehr als ich es am Anfang dieser Nacht gewesen bin.

Der Übersetzer

Fritz Freundlich war, wie sein Name schon sagte, freundlich, und zwar immer, egal ob es sich um die Nachbarin, den Gasableser oder seine Freundin handelte. Er war freundlich, wahllos und immer in der gleichen Intensität. Seine Freundlichkeit hatte etwas Entmutigendes. Natürlich, solange man ihn nicht näher kannte, dachte man, dass er einfach ein freundlicher Mensch war, mit dem man gerne Umgang pflegte. Man freute sich, ihn auf der Straße oder im Wartezimmer des Arztes oder im Park zu treffen. Dann wurden ein paar Worte gewechselt. Er fragte nach der Befindlichkeit, der persönlichen, der der Kinder, der Eltern und der Urstrumpftante. Er erkundigte sich nach dem Gang der Geschäfte. Alles schien er sich zu merken. Nach diesem Geplänkel fühlten sich die Angesprochenen heiter und leicht, doch er hielt es mit dem Gasableser ebenso wie mit seiner Freundin, und das war doch irritierend. Egal was passierte, er blieb freundlich und zuvorkommend. Verspätete sich Ines, seine Freundin, um viele Stunden, was des Öfteren passierte, war er immer noch freundlich. Auch wenn sie gar nicht kam, er war freundlich. Diese Art der Freundlichkeit hatte etwas Teilnahmsloses.

„Kannst Du nicht ein wenig Enthusiasmus zeigen?", fragte sie ihn immer wieder.

„Aber das tue ich doch, wenn Du es wünscht, meine Liebe", antwortete er stoisch und ungerührt, aber freundlich.

Zehn Jahre waren sie nunmehr ein Paar, und wenn man Ines gefragt hätte, warum sie denn bei ihm blieb, so wusste sie nicht mehr zu sagen als „Weil er so freundlich ist." Vielleicht hatte sie Angst, dass er freundlich bliebe, wenn sie ihm sagte, sie verließe ihn, Angst, dass er ebenso stoisch und unberührt wäre. Es war diese Angst herauszufinden, dass sie ihm im Grunde nichts bedeutete, oder nicht mehr als die Nachbarin oder der Gasableser. So blieb sie. Und er blieb so wie er war.

Doch eines Tages geschah das schier Unmögliche. Fritz hatte zwei Stunden in dem Café verbracht, in dem sie sich verabredet hatten, und Ines war wieder einmal nicht gekommen. Nachdem er das mitgebrachte Buch fertiggelesen hatte, wollte er gehen, doch plötzlich wurde er aufmerksam. In einem kleinen Nebenraum fand offenbar eine Lesung statt, denn als die Türe geöffnet wurde, wehten Wortfetzen zu ihm herüber, duftende, weiche, warme, weibliche Worte. Es war weniger der Inhalt, der ihn aufmerken ließ, vielmehr die Melodie dieser Worte, eine Melodie, die ihn sofort gefangen nahm, wie der Gesang der Sirenen die Männer um den Verstand bringt. Verstohlen trat er ein. Eine zierliche Frau, saß auf einem der Tische, umringt von einer Handvoll Zuhörer, die atemlos lauschten, ebenso wie Fritz. Es wirkte wie eine kleine, eingeschworene Gemeinschaft, die sich um die Künstlerin scharrte. Fritz hätte ihr stundenlang zuhören können. Nachdem sie geendet und der letzte Ton verhallt war, trat er auf sie zu, und sie lächelte ihn an.

Fritz Freundlich war wohl – zum ersten Mal in seinem Leben – nicht freundlich. Er fühlte sich gehemmt und verlegen, aber er wusste was er wollte.

„Lassen Sie mich Ihr Übersetzer sein", bat er inständig.
„Ich würde Sie gerne mein Übersetzer sein lassen, aber meine Werke sind nicht einmal in der Ursprungssprache gefragt. Wie dann erst in einer fremden? Sie werden keinen Lohn für Ihre Arbeit erhalten", wandte sie ein.
„Das ist mir egal. Ich übersetze seit vielen, vielen Jahren und kann recht gut davon leben. Doch was ich bisher übersetzte, das ließ mich kalt. Das war pragmatische, seelenlose Arbeit. Ich will nicht andeuten, dass ich sie nicht korrekt und nach besten Möglichkeiten erfüllt hätte, aber Ihre Worte, berühren mich im Innersten, bringen etwas in mir zum Klingen, von dem ich noch nicht einmal wusste, dass es da ist, und ich will nichts verdienen, nur Ihr Werk übersetzen", bat er inständig, und sie hatte keine Wahl. Sie konnte nicht Nein sagen. Doch was als eine Arbeit nebenbei begann, führte dazu, dass er bereits nach wenigen Wochen nichts anderes mehr machte als ihre Schriften zu übersetzen,

nichts anderes machen, denken konnte. Er trug es mit sich, wie die Mutter ihr Kind, wohlbehütet im Tragetuch. Bald wusste er jede Einzelheit, jede kleine Eigenheit ihrer Art zu schreiben, kannte er sie besser als die Künstlerin, die sich Nana nannte, selbst.

* * *

Fritz Freundlich hatte aufgehört freundlich zu sein. Entgegen seiner bisherigen Gewohnheit vergaß er einfach darauf. Nicht, dass er nun unfreundlich war, aber er war einfach nicht mehr freundlich. Er hörte auf die Nachbarin oder den Gasableser zu grüßen. Er hörte auf nach deren Befinden, dem Befinden der Kinder, der Eltern, der Urstrumpftante zu fragen. Nicht, dass er es nicht tun wollte, er bemerkte die Menschen um sich nicht mehr. Und sein Nicht-mehr-freundlich-sein war ebenso wahllos und konsequent wie sein vorheriges Freundlich-sein. Es war, als wäre er aus seiner bisherigen Welt herausgekippt, hatte die Sandalen ausgezogen und war in die Siebenmeilenstiefel der Literatur gestiegen, und das war Nanas Welt. Er war in ihr, das heißt in ihren Worten, hinter den Worten, um die Worte, er war die Worte. Längst hatte er alles übersetzt. Für drei Sprachen war er ausgebildet und in alle drei Sprachen hatte er all ihre Werke übersetzt. Nun harrte er des Kommenden.

„Nana, wie geht es Dir?", fragte er, wie jeden Morgen, auch an diesem.

„Gut, danke", antwortete Nana, auch wie jeden Morgen, und es stimmte wohl auch, meistens zumindest.

„Wie kommst Du mit Deinem neuen Roman voran?", war die nächste Frage, und das war die, um die es eigentlich ging. Er hätte ebenso gut die erste auslassen können, denn er hörte die Antwort noch nicht einmal wirklich, weil es ihn auch nicht interessierte, nur diese zweite, nur die war wichtig.

„Es geht voran. Warum setzt Du mich unter Druck?", entgegnete sie, und auch hierin gab es eine Regelmäßigkeit.

„Ich will Dich doch nicht unter Druck setzen. Ich will nur Interesse zeigen", schwächte er ab, oder versuchte es zumindest. Von Tag zu Tag wurde es unglaubwürdiger. Von Tag zu Tag wurde er bestimmender und fordernder, und Nana begann sich ein klein wenig unwohl zu fühlen, unwohl genug, um ihren Festnetzanschluss abzumelden. Er konnte nicht mehr anrufen. Für Nana war es eine große Erleichterung, aber was für Höllenqualen stand er durch. Natürlich, er hätte auch etwas anderes übersetzen können, hätte sich anderen Dingen z.B. seiner Freundin widmen können. Ach nein, das ging ja nicht mehr.

Vor einigen Tagen stand Ines in der Türe und verkündete, dass sie sich von ihm trennen würde. Dann murmelte sie noch so etwas wie, dass es eigentlich nur mehr Formsache wäre, weil er sie ja doch schon seit Wochen nicht mehr wahrnähme und es ihn eh nicht interessiere, woraufhin er so etwas ähnliches sagte wie, „Ist recht, meine Liebe", und dann ging sie. Nun ja, sollte sie, er hatte diese Worte, und er brauchte nicht mehr. Doch jetzt war ihm der Stoff ausgegangen, und die, die ihm diesen liefern sollte, kam dem einfach nicht nach. Schließlich tat er nichts anderes mehr, als zu warten.

In seiner Wohnung verbarrikadiert, erwartete er diesen Roman, von dem sie ihm erzählt hatte. Alles was er brauchte ließ er sich liefern. Es ist heute alles so einfach, mit Internet und all dem anderen. Er vergaß sich zu waschen, die Wohnung zu putzen, denn er hatte Angst, Angst den Moment zu verpassen, in dem das Werk geliefert wurde. Aufrecht saß er auf seinem Stuhl, den er gegenüber der Türe platziert hatte. Darin saß er, den ganzen Tag, die ganze Nacht. Manchmal sank er zurück und nickte ein, aber niemals für lange, denn bei dem kleinsten Geräusch schreckte er hoch. Sollte das jetzt der Briefträger gewesen sein? Hatte er die Lieferung verpasst? Das durfte auf gar keinen Fall passieren, denn dann steckte der Briefträger den gelben Zettel in den Briefkasten und er hätte die Wohnung verlassen müssen, um den langen Weg zur Post auf sich zu nehmen. Ihm graute allein bei dem Gedanken daran, doch dann war es endlich so weit, das Paket kam, der neue Roman, und er stürzte sich sofort darauf. Drei Sätze las er. Dann ließ er das Manuskript kraftlos sinken.

„Das kann nicht sein, das darf nicht sein. Das ist doch alles falsch", hätte man ihn murmeln hören können, wenn man dabei gewesen wäre, doch er war allein, und aus dem Murmeln, begleitet von heftigem Kopfschütteln, wurde ein lauteres Sprechen, das bis zum Schrei anschwoll, „Das ist alles falsch!"

* * *

„Alles, alles falsch! Sie muss das ändern", deklamierte er immer und immer wieder. Er kannte ihr Werk so gut, und er bewunderte ihre Stringenz, diese Einzigartigkeit im sich Fügen und Aneinanderschmiegen von Worten und Bedeutungen, doch das, das hatte sie falsch gemacht, völlig falsch. Schließlich wusste er, wann sie welche Worte zu benutzen hatte, wo ein Beistrich zu setzen, ja wo eine Atempause zu machen war. Und jetzt das? Das konnte er nicht hinnehmen. Das war nicht mehr sie, waren nicht mehr die Worte, die aus ihrer Feder zu kommen hatten, nicht mehr richtig. Alles, alles falsch! Doch was konnte er tun? Sie war vom Weg abgekommen, hatte sich verraten. Nein, nicht sich, sie hatte ihre Literatur verraten, und damit ihn. Er musste handeln, musste dieses Unrecht wieder gut machen. Doch wie? Er konnte sie nicht anrufen, denn der Anschluss war tot, warum auch immer. Wie konnte sie nur? Wie konnte sie ihn nur so hintergehen, ihn und seine Hingabe? Seine Liebe zu diesem Werk, sie war so rein und kristallklar wie ein Bergsee in der Morgensonne, doch sie hatte ihr Gift darein gegeben, hatte die Worte verbogen, verdreht, verunstaltet und diskreditiert. Sie musste das wieder gut machen. Musste, musste, musste einfach, doch wie sollte er es angehen? Es konnte nur einen Weg geben. Er war gezwungen, zu ihr zu fahren und sie dazu bringen, das alles richtig zu stellen.

„Mein Gott, wie siehst Du denn aus?", sagte Nana, von ehrlichem Entsetzen gepackt, als er eine halbe Stunde später in ihrer Türe stand, denn Fritz Freundlich, der nun nicht mehr freundlich war, bot einen grauenhaften Anblick, unrasiert und stinkend. „Du musst das richtig machen!", sagte er nur, während er in die Wohnung drängte.
„Was richtig machen?", fragte sie erstaunt.
„Das mit dem Roman. Das ist alles total falsch", wiederholte er das, was er schon die ganze Zeit in sich hinein sagte.
„Das ist schon richtig so, es ist alles goldrichtig. Ich bin dabei mich zu entfalten und einen neuen Stil zu entwickeln. Ich will wachsen und mich erweitern. Ich bin auf einem guten Weg, denn Du hast es bemerkt", entgegnete Nana lächelnd, doch er sah sie an, mit dieser Starrheit im Blick, die sie noch nie an ihm wahrgenommen hatte.
„Nein, Du kannst nicht Deinen Stil ändern. Das darfst Du nicht, denn dann ist es nicht mehr richtig. Du hast mich in die Falle gelockt, mit den Worten, die in mir eine Melodie erwachen lassen, mich zum

176

Klingen bringen, das muss so bleiben. Sonst ist es falsch, alles falsch", beharrte er.

„Und was stellst Du Dir vor, dass ich für Dich jetzt alles umschreibe?", fragte sie, und jeder andere hätte den zynischen Unterton nicht überhört, jeder andere, nur Fritz tat es.

„Ja, umschreiben, neu schreiben, das ist es, Du musst alle Fehler ausbessern, es neu schreiben", brabbelte er vor sich hin, „Du musst es tun. Es muss richtig sein!"

„Das werde ich nicht tun, denn es ist mein Roman, und den schreibe ich so wie ich es für richtig halte", entgegnete sie, „Und Du wirst jetzt meine Wohnung verlassen." Doch anstatt ihrer Aufforderung nachzukommen, fesselte er sie und legte sie auf die Couch. Der Knebel hinderte sie daran zu schreien oder sich sonst wie bemerkbar zu machen.

„Wenn Du es nicht tust, dann tue ich es", meinte er. Damit setzte er sich an ihren Schreibtisch und schrieb den Roman neu, von Anfang bis Ende, und als er fertig war, schickte er diesen zum Verlag und ein Exemplar nahm er mit um es zu übersetzen.

„Jetzt ist es richtig", flüsterte Fritz Nana ins Ohr bevor er ging, doch sie hörte es nicht mehr. Irgendwann während der letzten Tage, die sie gefesselt und geknebelt auf ihrer eigenen Couch lag, war sie erstickt. Es tat nichts zur Sache, denn jetzt hatte er es wieder richtiggestellt.

„Jetzt ist es richtig, ganz richtig", murmelte er immer wieder vor sich hin, und freute sich ihrer Worte, die etwas in ihm zum Klingen brachten.

Adele feiert Begräbnis

Adele war entsetzt gewesen. Agathe, eine ihrer besten Freundinnen, war verstorben. Weder unvermutet noch überraschend, denn der Krebs hatte schon seit Monaten in ihr gewütet, hatte sie aufgezehrt und unansehnlich werden lassen. Sie hätte eigentlich genug Zeit gehabt, sich über ihre Garderobe Gedanken zu machen, und doch hatte sie es unterlassen. Gerade Agathe, die für Adele immer eine Galionsfigur war in Fragen des Stils und der Etikette, hatte offenbar keinen einzigen Gedanken daran verschwendet.

„Ich bin ja nur so froh", hatte Adele Amanda, einer gemeinsamen Freundin, an diesem Morgen anvertraut, „dass sie das nicht mehr miterleben musste, wie sie verschandelt wurde, und das zu ihrem letzten großen Auftritt. Ich wäre gestorben vor Scham."
„Dann ist es ja gut, dass sie das im Vorfeld schon erledigt hat", entgegnete Amanda trocken.

Adele fühlte sich unverstanden. Aber ganz gleich ob sie nun verstanden wurde oder nicht, sie wollte alles in ihrer Macht stehende tun, dass ihr so etwas nicht passieren würde. Das Bild von ihrer missgestalteten toten Freundin wollte ihr nicht und nicht aus dem Kopf gehen. Ihr ganzes Leben lang war Agathe solch ein Fauxpas kein einziges Mal passiert, und gerade dieser letzte, dieser allerletzte

Auftritt - oder sollte man lieber sagen Auflieger -, würde allen im Gedächtnis bleiben und alle früheren Bilder überdecken. Daran war ja nun nichts mehr zu ändern, aber ihr, Adele, würde so etwas nicht passieren. Das schwor sie sich, sich selbst im Spiegel ihres Toilettetisches tief in die Augen blickend. Doch wie wollte sie es anfangen? Schließlich konnte ihr niemand verbindlich zusagen, wann es geschehen würde. Wie sollte man sich da auf irgendetwas einstellen? Allein die Frage, wann man zum Friseur gehen sollte war unlösbar. Natürlich ging Adele regelmäßig zum Friseur, aber was, wenn sie auf dem Weg zum Friseur tot umfiele, so dass sie keine Chance mehr hatte, irgendetwas zu ändern? Und dann erst die Sache mit der Garderobe. Natürlich könnte sie jetzt auf der Stelle einkaufen gehen, aber was, wenn sie gemeinerweise noch zwanzig oder dreißig Jahre leben würde? Das Kleid wäre völlig veraltet, also nichts mehr, worin man sich sehen lassen könnte, ohne sich zu genieren. Ganz abgesehen von der Frage, ob sie ihre Figur halten würde, aber dem wäre mit einer guten Schneiderin zu begegnen, die sie natürlich an der Hand hatte. Doch es wäre vielleicht kein Fehler sich bei Gelegenheit, um einen Ersatz umzusehen, denn selbst Schneiderinnen sollen sterblich sein, auch wenn sie grundsätzlich unersetzlich sind. Wie lange hatte sie gesucht bis sie eine Passende gefunden hatte, viel länger als nach ihrem Ehemann, aber der musste auch nicht so hohen Ansprüchen Genüge tun. Das nur nebenbei. Ihr Hauptproblem war immer noch nicht gelöst und lastete entsprechend schwer auf ihrer Seele. Wem könnte sie sich anvertrauen, wer könnte ihr raten? Völlig allein und verlassen fühlte sie sich auf dieser Welt, wissend, dass sie mit den wirklich wichtigen Dingen des Lebens immer einsam sein würde. Es war schwer, nicht in Melancholie zu verfallen, nicht zu resignieren, doch sie riss sich zusammen. In dem Ort, in dem sie aufgewachsen war, fiel ihr ein, gab es einen Sterbeverein, zumindest wurde er so genannt. In Wahrheit war es ein Sparverein, bei dem man zu Lebzeiten bereits Geld beiseitelegte, um die Anverwandten nach dem Ableben nicht mit den Kosten des Begräbnisses zu belasten, doch um solch triviale Dinge wie Finanzierung musste sie sich nicht kümmern. Was konnte so ein Begräbnis schon groß kosten? € 20.000? Möglich, aber vernachlässigbar. Der Grundgedanke bestand in der Vorsorge und darin fand sie auch eine Antwort auf ihr Problem. Sie würde einfach entsprechend vorsorgen.

* * *

Adele hatte also eine Lösung für ihr Problem gefunden, und auch einen Plan diese in die Tat umzusetzen.

„Reinhard", sagte sie, als sie gleich darauf ihren Mann anrief, „Ich weiß nun endlich, was Du mir zum Geburtstag schenken darfst."

„Und was darf es sein? Ein neues Auto, ein Ausflug nach Paris ...“, begann Reinhard gelangweilt.

„Nichts von all dem Schnick-Schnack, das ist doch alles schon so gängig. Nein, Du weißt ja, es ist mein fünfzigster Geburtstag, leider Gottes“, und sie unterließ es nicht, ausgiebig zu seufzen, damit ihm die ganze Tragweite dieser, von ihr fast geflüsterten, Aussage auch recht bewusstwurde, zusätzlich durch eine theatralische Sprechpause unterstreichend, „Und es sollte etwas ganz Besonderes sein. Ich möchte mein Begräbnis feiern.“

„Bitte, was möchtest Du?“, tönte Reinhard lauthals, weil er erst meinte sich verhört zu haben, aber Adele war zufrieden, denn nun war sie sich seiner vollen Aufmerksamkeit gewiss, doch nicht lange, da er eigentlich müde war. Deshalb begnügte er sich damit hinzuzusetzen, „Nimm die Kreditkarte. Du kennst ja den Code.“

„Danke, Liebster“, entgegnete sie heiter, um sogleich ans Werk zu gehen, denn es gab ja ach so viel zu tun, und ach so wenig Zeit. Die Einladungen gehörten geschrieben und verschickt, das Institut gewählt, das sich um die Beerdigung kümmerte, ein Lokal beauftragt für den Leichenschmaus hinterher, und tausend anderer Dinge, doch das Wichtigste war der Besuch in ihrer Lieblingsboutique.

„Ich würde gerne die Beerdigungskleider sehen“, sagte sie dem schwulen Verkäufer, der sie allerdings nur mit großen Augen ansah.

„Was bitte sind Beerdigungskleider?", fragte er verdutzt, als hätte er noch nie etwas davon gehört.
„Wie kann man sich nur so dumm stellen?", entgegnete Adele kopfschüttelnd, „Wenn eine Frau heiratet, was trägt sie dann?"
„Ein Hochzeitskleid, ja, die haben wir", antwortete der Verkäufer, sichtlich erleichtert.
„Aber ich bin schon verheiratet und habe nicht vor es nochmals zu tun", winkte Adele ab, „Die nächste Frage: Was trägt eine Frau bei ihrer Beerdigung?"
Nun war der Verkäufer wieder sehr still. „Na, ein Beerdigungkleid natürlich. Was denn sonst?", ergänzte Adele, weil sie keine Lust hatte abzuwarten, bis der junge Mann endlich fertig gedacht haben würde.
„Das klingt logisch", meinte dieser schließlich.
„Ja, eben, deshalb will ich jetzt die Beerdigungskleider sehen", beharrte Adele auf ihrem Wunsch. Und so zeigte ihr der Verkäufer einfach alle schwarzen Kleider, die er anzubieten hatte, und Adele fand tatsächlich ein passendes, dem Anlass angemessenes.

Und bereits wenige Wochen später lag sie, angetan mit ihrem Beerdigungskleid in dem ungebrauchten Sarg in der Kapelle aufgebahrt. Über ihrem Sarg war ein Spiegel angebracht. Darauf hatte sie bestanden, denn schließlich wollte sie genau sehen wie sie auf die Gäste der Beerdigung wirkte.

„Aber Sie dürfen doch nicht die Augen aufmachen, denn dann sehen Sie ja nicht tot aus", hatte der nette Herr vom Bestattungsinstitut erklärt. Adele hatte es überdacht, und für sich gemeint, dass sie nur dann ganz vorsichtig schauen würde, wenn es kein anderer tat oder sie gerade nicht fotografiert wurde.

Alle waren sie da, und Adele musste, zugeben, sie spielten ihre Rollen ausgezeichnet, allen voran der trauernde Ehemann, dann die engen Freunde und vor allem die engen Feinde und nicht zuletzt die Presse.

Adele war selig, denn eines war gewiss, sie war die schönste untote Leiche, die je in dieser Kapelle aufgebahrt worden war. Was sie störte, war das eingeschränkte Blickfeld, aber es war ihr versprochen worden, dass alles gefilmt wurde.

Die Andacht war kurz, aber herzerweichend. Wenn Adele nicht auf ihr Make-up achten hätten müssen und natürlich auf ihr Tod-sein, sie hätte doch wohl die eine oder andere Träne herausgedrückt. Schließlich wurde der Deckel geschlossen und die Träger brachten sie zum geöffneten Grab.

„Muss das auch sein?", hatte Adele Reinhard bei der Besprechung der Zeremonie gefragt.
„Natürlich", antwortete dieser ruhig, „Schließlich soll es doch ein richtiges Begräbnis sein." Ja, und das wurde es. Adele spürte, wie der Sarg langsam in die Erde gelassen wurde. Verbissen tastete sie nach

ihrer Tasche. Wie hatte sie nur darauf vergessen können, dass sie ja unter Klaustrophobie litt.

* * *

Adele lag in dem engen, dunklen Sarg und spürte wie die Panik in ihr hochstieg. „Wo ist denn nur diese verdammte Box?", dachte sie, während sie in ihrer Tasche kramte. Der Sarg wurde in die Grube hinabgelassen. Dann stand er wieder still. Wie viele Filme hatte sie von lebendig Begrabenen gesehen. Egal wie unterschiedlich die Umstände waren, sie hatten doch alle eines gemeinsam, die blutig gekratzten Fingernägel. Das konnte sie nicht machen, so frisch von der Maniküre kommend, und wozu auch, sie wurde ja wieder herausgeholt, ganz bestimmt wieder herausgeholt.

Von Ferne drangen salbungsvolle Worte an ihr Ohr Endlich hatte sie die Pillenbox gefunden, öffnete sie und tastete darin herum. Eine war noch da, eine einzige. Hastig schob sie sich diese in den Mund, während draußen kleine Häufchen Erde auf ihren Sarg geworfen wurden. Während sie immer ruhiger und ruhiger wurde, entfernte sich das Geräusch und auch alle anderen, bis sie nichts mehr hörte.

„Vielleicht war es doch ein wenig übertrieben, ein wenig zu realistisch", merkte Reinhard nachdenklich an, als der Sarg wieder geöffnet worden war und Adele mit geschlossenen Augen darin lag und nicht mehr reagierte.

„Ob sie wohl eingeschlafen ist?", fragte Amanda, die sich ebenfalls über den Sarg gebeugt hatte.
„Ob man unter solchen Umständen einschlafen kann?", fragte Reinhard sarkastisch, „aber vielleicht hat sie ja eine von ihren kleinen Pillen genommen, um sich zu beruhigen." Doch da war kein Puls, kein Atemzug, der die Brust gehoben hätte. Auch der Arzt, der umgehend gerufen wurde, konnte nur mehr den Tod feststellen, so dass es doch noch eine richtige Beerdigung wurde, und aus den falschen mehr oder weniger echte Tränen.
„Wie hatte das nur geschehen können?", fragte sich Amanda.

Drei Tage später war Reinhard mit dem Auto Richtung Monaco unterwegs, und er war nicht alleine.

„Jetzt hast Du es doch endlich geschafft sie loszuwerden", sagte Amanda erfreut, „Nach all den Jahren war es eigentlich ganz einfach, obwohl ich nicht weiß, wie Du das gemacht hast, dass sie dann wirklich starb."
„Ach es war nicht schwer", sagte Reinhard lächelnd, „Es hat halt einfach eins ins andere gepasst."
„Aber wie hast Du es gemacht, vor allem, dass niemand Verdacht schöpfte?", blieb Amanda hartnäckig, und Reinhard musste zugeben, er fühlte

sich geschmeichelt von so viel Aufmerksamkeit für sein Werk.

„Nun, Du weißt ja, dass sie bei jeder kleinen Aufregung zu ihren Beruhigungstabletten griff. Unser Hausarzt bestätigte gerne, dass sie von dem Zeug abhängig war. Nun sehen meine Herztabletten ihren Tabletten sehr ähnlich, und diese lagen im Badezimmer immer nebeneinander. Als sie das letzte Mal eine Tablette in die Box gab, hat sie wohl die falsche erwischt, nehme ich an. Im Dunklen konnte sie das dann sowieso nicht unterscheiden, und das genügte", erklärte Reinhard nachdenklich.

„Wenn man es so sieht, kannst Du ja wirklich nichts dafür, hast Du nichts getan", resümierte Amanda.

„Ganz genau so ist es", bestätigte Reinhard.

„Das war einfach Schicksal oder vielleicht die Strafe dafür, dass sie Dinge vorweggenommen hat, die noch nicht reif sind", merkte Amanda an, „Obwohl es doch sein Gutes hat."

„Das hat es, und es hätte nicht gelegener kommen können, aber ich denke, wir sollten in Monaco nicht ins Casino gehen", meinte Reinhard.

„Denn bei so viel Glück in der Liebe, können wir im Casino nur verlieren", ergänzte Amanda lachend, während sie sich den Wind durch die Haare wehen ließ. Wie schön das Leben doch sein konnte.

Über Dich und andere Absurditäten

Offenheit und Klarheit lag auch in dieser Nacht. Nichts war bestimmt. Alles war möglich. Gewöhnliches und Absurdes, und natürlich alles dazwischen.

„Ich habe Dich so lange gesucht. Warum nur hast Du Dich vor mir versteckt?", sagte er ohne Umschweife zu mir, als er kam, in diese Offenheit und Klarheit einer Nacht.

„Ich freue mich, dass Du da bist, auch wenn wir uns noch nie zuvor gesehen haben und ich nicht wüsste warum ich mich vor Dir verstecken sollte", antwortete ich wahrheitsgemäß, und dachte darüber nach, ob er es vielleicht sinnbildlich meinen könnte. Möglicherweise hatte er eine esoterische Ader und meinte mich aus einem früheren Leben zu kennen. Möglicherweise war er nur auf LSD.

„Du willst es ableugnen? Das ist Deine Masche, genau Deine Vorgehensweise, aber mach Dir keine Sorgen, ich bin Dir trotzdem verbunden. Immerzu streitest Du alles ab, auch wenn es noch so offensichtlich ist. Unser Treffen damals, unser Austausch. Es war so wunderschön. Du hast es auch gesagt, damals, und jetzt, jetzt streitest Du alles ab. Als hätte es dieses Miteinander nie gegeben. Warum quälst Du mich nur so? Warum treibst Du solche Spielchen mit mir? Ich leide wie ein Hund, und Dich, Dich amüsiert das wahrscheinlich auch noch", meinte er, und es klang überzeugend. Sollte ich nun anfangen an meinem Gedächtnis zu zweifeln. Hatte mich vielleicht schon die Demenz ereilt? Aber warum sollte ich genau das vergessen, wenn alle anderen Vorkommnisse nach wie vor präsent waren?

„Ich kenne Dich nicht, ich weiß es ganz genau. Warum sollte ich Dir was Böses wollen?", fragte ich skeptisch, aber auch voller Mitleid. Niemand sollte leiden, vor allem nicht unter etwas, was es gar nicht gab.

„Das fragt sie noch. Wir kennen uns nicht. Nichts als Lug und Trug. Dabei sind die Beweise evident. Alles was ich Dir damals gegeben habe", sagte er.

„Zeig mir die Beweise!", forderte ich ihn auf.

„Zeig mir Deine Beweise!", konterte er sofort.

„Ich soll Dir Beweise vorlegen für etwas, das es nicht gegeben hat, für etwas, das nicht stattgefunden hat?", versuchte ich die Absurdität seiner Forderung herauszustreichen.

„Zeig sie mir!", wiederholte er seine Aufforderung, die Absurdität negierend, ja nicht einmal das. Hatte er es überhaupt gehört?

„Ich kann Dir nichts zeigen, was es nicht gibt. Sag mir genau, wann und wo das gewesen sein soll?", versuchte ich es weiter.

„Auch das will sie nicht mehr wissen. Immer dasselbe Spiel. Immer dieselbe Leier. Was willst Du mir nicht noch alles antun? Hast Du denn immer noch nicht genug?", fuhr er fort, unbeirrt.

„Warum kannst Du es mir nicht einfach sagen. Wir würden uns so viel leichter tun und vielleicht irgendwann vom Gleichen sprechen", bot ich an. „Und dabei gibt es mindestens zehn Zeugen, die auch dort auf dem Fest waren auf der Insel in der Provence", fuhr er fort.

„Ich war noch nie in der Provence", trumpfte ich jetzt auf.

„Ach bitte, warum hast Du Dich versteckt, so lange, seitdem. Es gibt nichts, was Du vor mir verheimlichen müsstest. Ich habe für alles Verständnis. Auch wenn ich nicht nachvollziehen kann, warum Du immer das Leben, das so schön sein könnte, kaputt machen musst. Wahrscheinlich wirst Du bedroht. Ja, jetzt weiß ich es, irgendwer bedroht Dich und Du kannst Dich nicht offen deklarieren, aber keine Sorge, ich beschütze Dich. Sag mir den Code", blieb er immer noch bei seiner Meinung, und ich verstand die Welt nicht mehr.

* * *

Es war immer noch eine wunderbare Nacht, offen und klar, aber ich hatte keinen Blick dafür. Da war ein Treffen, von dem ich nichts wusste, und ein Austausch, der nach nie stattgefunden hatte, und jetzt eine Bedrohung, derer ich mir gar nicht bewusst war. Ich sah vor meinem geistigen Auge eine Insel auftauchen, in der Provence, wo ich noch nie gewesen war, und die Angreifer, die sich im Gebüsch verschanzten. Ich schloss die Augen, wollte

189

das loswerden, und als ich aufsah, war er immer noch da.

„Willst Du ihn mir nicht sagen, den Code?", blieb er standhaft.
„Ich weiß nichts von all den Sachen, die Du gesagt hast, und doch will ich nicht, dass Du unglücklich bist, vor allem wenn ich schuld sein soll, mit etwas, das ich gar nicht getan habe", fuhr ich fort.
„Du gibst es also zu, Du willst nicht, dass ich unglücklich bin. Also musst Du mich kennen und Dich mir verbunden fühlen. Das ist der Beweis!", trumpfte er jetzt auf.
„Das heißt es ganz und gar nicht. Ich will nicht, dass Du unglücklich bist, so wie ich es für jede andere will, egal wer sie ist oder ob ich je etwas mit ihr zu schaffen hatte", erklärte ich und meinte, dass es ehrlich war.
„Schon wieder lügst Du, streitest alles ab, das Gewesene und unsere Gefühle füreinander", und er wandte sich mir zu, nach langer Zeit. Ich sah mit Verwunderung wie sich sein Gesichtsausdruck veränderte. Die Überzeugung wich, Erstaunen erschien, und letztendlich Verärgerung.
„Ich sage Dir nochmals, ein letztes Mal, ich bin nicht die für die Du mich hältst", entgegnete ich, eigentlich schon resignierend.
„Sowas Hinterlistiges ist mir überhaupt noch nicht untergekommen. Wie konnte ich nur darauf hereinfallen?", stieß er unvermittelt aus.

„Endlich hast Du es verstanden", meinte ich entsprechend, doch das war es nicht, ganz und gar nicht.

„Du bist gar nicht die, für die Du Dich ausgibst. Du glaubtest, Du hättest meine Notlage ausnutzen können, ausnutzen, dass ich vor lauter Tränen in den Augen nichts sehen konnte, wolltest Dich unterschmuggeln als sie, aber Du bist nicht die, die ich meine, Du Hyäne!", brach es aus ihm heraus.

„Aber das versuchte ich Dir doch die ganze Zeit zu sagen", entgegnete ich frustriert.

„Du, Du hast mich auflaufen lassen, hast mich voll hineingelegt. Aber ich bin nicht so leichtgläubig wie ich aussehe. Nein, Du wirst mich nicht länger hereinlegen, mich nicht mehr an der Nase herumführen. Mich nicht und niemand anderen. Dafür werde ich sorgen. Ich werde hinausgehen in die Welt und alle vor Dir warnen. Du glaubtest, Du könntest Dein Spiel treiben, ungestraft, und niemand würde etwas sagen, niemand würde darüber ein Wort verlieren, aber ich werde es tun. Ich werde der Verkünder dessen sein, was Du in Wahrheit bist, und niemand mehr wird Dich je für das halten was zu sein vorgibst!", verkündete er, mit dem Brustton der Überzeugung.

„Für mich?", merkte ich lapidar an.

„Nein, für sie", gab er an.

„Für sie?", fragte ich.

„Nein, für Dich", gab er an.

„Für nicht mich und doch nicht sie?", fragte ich weiter.

„Genau das werde ich der Welt mitteilen!",
bestätigte er.

„Wie schön, dass wir uns doch noch einig werden
konnten", sagte ich, aber er schien mir schon nicht
mehr zuzuhören. Sein Blick verlor sich im Wasser.

* * *

Ins Wasser eintauchen, um trocken zu werden.
Wir könnten uns lieben, wenn wir vom Hassen
müde sind.

Der Wind befreit uns von der Trägheit.
Zwei Männer in Weiß kamen den Steg entlang.
Er war immer noch da. Saß da und starrte ins
Wasser.
Kein Lidschlag schien seinen Blick zu durchbrechen.
Wir wollten doch immer nur das eine.
Dich finden.
Wir stellten uns so viel vor, was Du sein könnte.
Der Wolf war es nicht. Der Rabe war es nicht. Und
auch nicht die Füchsin.
Wir wollten doch immer nur das eine leben.
Du sein für den, der es verstand.
Vielleicht war es einfach nur das unbedingte
Wollen, das ihn dazu brachte.
Vielleicht war es einfach nur der unüberwindbare
Schmerz, der ihn erkennen ließ.
Ich bin es nicht.
Das Wollen machte mich dazu.
Es war nicht ernst zu nehmen.

Doch war es die Hoffnung auf die Erfüllbarkeit.
Und der Trugschluss der Ernüchterung.
Verblichene Erinnerung, in einem Topf, aufgekocht
mit Spinnen und Taranteln.
Ekelhaftes Getier, doch wenn die Hand durchfährt,
dann dringt sie zum Geschützten.
Tod hängt sie am Arm, gestochen, gepeinigt und
vergiftet.
Das Gift durchdringt das Denken und das Erkennen.
Es gibt nichts mehr zu Beschönigen.
Die Hand, die halten wollte, bricht.
Der Blick, der aufrichten wollte, bricht.
Was bleibt, wenn nichts mehr da ist, wenn alles in
den Sand läuft.
Körnchen um Körnchen um Körnchen.
Undurchdringliche Einheitlichkeit.
Jedes Körnchen ein Bild.
Habe ich behauptet, ich würde Dich aus Millionen
erkennen, Millionen und Abermillionen.
Zielsicher würde ich Dich ansteuern.
Nichts ist geblieben, außer der Zuversicht.
Nein, das Festhalten an der einstigen Behauptung.
Nichts davon ist umsetzbar.
Alles ist vergebens, aber nichts vergeben.
Es gibt keine Schuld und auch kein Entrinnen.
Alles ist einerlei, und einheitlich, und nichts
Besonderes.
Die Wärter tippen ihn an der Schulter.
52 Tage 52 Stunden 52 Minuten.
In einem Raum ohne Fenster und ohne Türschnalle.
Ohne Belastung und ohne Gürtel.

Er hat sich dort in Sicherheit gebracht, vor seinen Feinden.

2 mal 2 Meter Raum.

Immer noch zu viel, weil die Gedanken immer noch Platz finden.

1 mal 1 Meter Raum.

Immer noch zu ausladend, da das Bild von Dir noch neben ihm Platz findet.

Ich war es nie, und er sagte es durch den Schleier des Vergessens.

Der Nebel lichtete sich.

Er erkannte seinen Irrtum als meine Lüge.

Ich hatte es niemals so gewollt.

Sie nahmen ihn mit, zu seinem Schutz.

Vielleicht findet er sie wieder.

Vielleicht hat es sie nie gegeben.

Nur das letzte Bett ist nicht mehr zu groß.

Gerade genug Platz für mich.

Mehr braucht es nicht.

Sie bringen ihn zurück, dorthin, wo die Nicht-Funktionierenden nicht stören.

Pillen gibt es dagegen und Therapien.

Ja, auch gegen das Nicht-Funktionieren.

Halbwegs kann man sie wieder hinbekommen, heißt es.

Ganz wird es nie mehr gehen, aber seien wir froh, wenigstens so weit.

Normal leben, das wünschen sie sich doch eigentlich.

Die Wärter nehmen ihn mit.

Trotz allem ist es eigentlich schade.

Vielleicht hätte ich noch mehr lernen können von dieser anderen Welt.

Begegnungen

Die Schönheit des Moments ist sein Erblühen.
Die Tragik des Moments ist sein Ersterben.
Leben vollzieht sich zwischen Erblühen und
Ersterben.
Nichts wird ihn wiederbringen.
Nichts wird ihn hindern.
Aber immer habe ich die Wahl.
Jedes Mal aufs Neue.

Im Rosengarten erschien das Glitzern, die Blaue
Blume, die mir den Weg zeigt. Im Erwachen in die
Nacht entdecke ich es, laufe den Flur entlang, die
Treppen hinunter in den Garten. Die Rosen
erscheinen im warmen Licht des vollen Mondes
samten, glitzernd der Tau, der nicht vergessen lässt,
dass ein Morgen auch die Nacht endet.

Die Schönheit der Nacht ist ihr Erblühen.
Die Tragik der Nacht ist ihr Ersterben.
Leben vollzieht sich zwischen Erblühen und
Ersterben.
Nichts wird sie wiederbringen.
Nichts wird sie hindern.
Aber immer hast Du die Wahl.
Jedes Mal aufs Neue.

Ich laufe durch den Rosengarten. Der Wind fängt
sich in meinem Kleid, streichelt meine Beine. Wie

Du. Lange Zeit zuvor. Wie ein Traum. Wie eine Ahnung. Wie eine Erinnerung. Wie eine Vorsehung.

Das Glitzern verändert seinen Platz und ich folge, beim hinteren Tor hinaus. Ich entdecke eine Allee, gesäumt von riesigen Pappeln, deren Äste sich zärtlich ineinander schmiegen, ein Dach bildend, den Weg schirmend. Ich folge der Allee und dem Glitzern, bis zur ersten Bank, auf der ich Dich entdecke, Du mich entdeckst. Ich setze mich zu Dir und zur Gemeinsamkeit der Begegnung.

Die Schönheit der Begegnung ist ihr Erblühen.
Die Tragik der Begegnung ist ihr Ersterben.
Nichts wird sie wiederbringen,
Nichts wird sie hindern.
Aber immer haben wir die Wahl.
Jedes Mal aufs Neue.

„Du schickst mich in die Welt hinaus, kaum, dass ich Dir begegne", spreche ich mich Dir zu.
„Geh hinaus und lebe, und dann, dann kannst Du Deinen Ausdruck finden, sage ich, nicht von mir schicke ich Dich weg, sondern Dich zu Dir", sprichst Du Dich mir zu.
„Ich verstehe nicht, und doch lebe ich es. Alles was ich sehe, im Moment, ist das Weg von Dir. Und jetzt, da Du zurück bist, jetzt kann ich sagen, es war richtig. Gehen. Leben. Lieben. In Begegnung öffnen. Trauer und Schmerz. Schönheit und Glück. Die Fülle des Lebens, riechen, atmen, schmecken, annehmen", spreche ich mich Dir zu.

„Du hast Flügel, die Dich tragen, Flügel, die Dir erlauben das Innerste und Näheste, das Äußerste und Fernste zu erobern. Breite sie aus und fliege", sprichst Du Dich mir zu.

„Ich habe Flügel und bewege mich sicher, egal wie oft sie brechen oder sie sie stutzen, sie wachsen nach und sind stark, mich weiter zu tragen, ins Innerste und Näheste, ins Äußerste und Fernste. Du gibst mir den Anstoß. Doch die Ausführung liegt an mir. Unsicher zunächst. Es ist doch so angenehm im Vertrauten, so eng und warm und sicher im Althergebrachten. Dennoch, Du zeigst mir wie es ist, es hinter mir zu lassen. Du führst mich ins Leben, indem Du mich loslässt. Du bist mir in jedem Schritt, in jedem Flügelschlag", spreche ich mich Dir zu.

„Darin erfüllt sich das Wir und unsere Begegnung", sprichst Du Dich mir zu, und gehst.

Ich folge dem Glitzern und der Allee.

* * *

Das Ziel der Sehnsucht ist das Erreichen.
Das Erreichen ist der Tod der Sehnsucht.

Immer liegt es an mir ob ich die Erfüllung wähle und damit das Ersterben der Sehnsucht, oder ob ich die Sehnsucht unerlöst lasse und der Erfüllung entfliehe.

Ich folge dem Glitzern der Blauen Blume und treffe Dich auf der nächsten Bank. Du streckst mir Deine

Hand entgegen. Spontan nähert sich die meine Deiner und Deinem Angebot. Doch dann fällt es mir ein, wieder. Ich kenne diese Szene nur allzu gut. Du streckst mir Deine Hand entgegen. Meine nähert sich der Deinen an. Schon sind sie sich ganz nahe, nur noch die Finger um Deine Hand schließen, doch in diesem letzten Moment ziehst Du sie zurück. Ich gehe weiter, um wieder Deiner offenen Hand zu begegnen, die sich mir entgegenstreckt. Immer wieder wendest Du Dich ab, gehst von mir weg, versteckst Dich gar, verschwindest in der Versenkung, in der Abgründig- und Lautlosigkeit.

„Wo bist Du? Dich sucht meine Seele. Wo bist Du? Dir wenden sich meine Gedanken zu", spreche ich mich, hinein in die Stille, in die Verlassenheit. „Hier bin ich, nicht weit von Dir. Du musst nur meiner Stimme folgen, um zu mir zu gelangen", sprichst Du Dich mir, gerade in dem Moment, in dem ich mich völlig in die Verlassenheit schwinden sehe, dahinwelken. Wieder mache ich mich auf, komme Dir ganz nahe, und wieder entziehst Du Dich, im letzten Moment.

Das Ziel der Sehnsucht ist das Erreichen.
Das Erreichen ist der Tod der Sehnsucht.

Immer liegt es an mir, ob ich die Erfüllung wähle und damit das Ersterben der Sehnsucht oder ob ich die Sehnsucht unerlöst lasse und der Erfüllung entfliehe.

Ich folge dem Glitzern der Blauen Blume bis zu dieser Bank, auf der Du sitzt. Jetzt entziehst Du Dich nicht. Jetzt bleibst Du.

„Warum darf ich mich zu Dir setzen? Warum gehst Du nicht, wie Du es sonst immer tust?", spreche ich mich und die Qual meiner Seele.
„Weil Du verstehst. Weil Du meiner Anleitung nicht bedarfst. In meinem Gehen eröffne ich Dir die Möglichkeit ein Ziel zu sehen und mit diesem Ziel den Weg zu entdecken, mit dem Weg all die Möglichkeiten, die sich Dir eröffnen", sprichst Du Dich mir und entwindest Dich, indem Du bleibst.
„Du lässt mich allein und überlässt mich mir, in der Verlorenheit des Ich, das sich seiner selbst nicht bewusst und nicht stark genug ist alleine zu sein. Warum nur lässt Du mich allein?", spreche ich mich Dir, und meine Not.
„Wenn ich Dich nicht alleine lasse und Dich Dir überlasse, hast Du keinen Grund zu wachsen. Du stützt Dich auf mich und denkst Du hast Halt. Du richtest Dich an mir auf und denkst Du bist stark. Erst jetzt, da Du alleine stehen kannst, da Du Dich aufrichtest und Stärke findest, jetzt kann ich Dir meine Hand überlassen und bleiben", sprichst Du Dich mir zu.

Das Ziel der Sehnsucht ist das Erreichen.
Das Erreichen ist der Tod der Sehnsucht.

* * *

Ich lasse die Bank hinter mir und folge dem glitzernden Blau, das mich weiterführt zu der Bank, auf der Du sitzt. Meine Gefühle sind zwiespältig. Du wirkst abwesend, beachtest mich gar nicht. Ich verspüre den Wunsch Dich her zu holen, hierher zu mir, automatisch erwacht dieser Wunsch, doch im letzten Moment nehme ich mich zurück. Ich will keine Spiele mehr spielen, keine verabredeten, aber erst recht jene nicht, die Du mir aufoktroyierst. Allzu lange habe ich das gar nicht bemerkt. Es ist wie beim Tango tanzen. Du kommst einen Schritt auf mich zu. Ich nehme Deine Annäherung an, doch wenn ich nun meinerseits einen Schritt auf Dich zumache, dann weichst Du zurück, genau den Schritt, den ich auf Dich zugegangen bin. Ich sah es als Aufforderung, und ging wieder auf Dich zu. So ging es immer hin und her. Am Anfang war es wohl recht amüsant. Am Anfang war es wirklich ein Spiel, doch Du behieltest es bei in jeder Situation. Nie entstand eine wirkliche Nähe. Doch wieviel war ich bereit zu übersehen, zu Anfang, denn Du tanzest mit mir, tanztest mit mir, und ich hielt es für Leben.

"Willst Du mit mir tanzen, durchs Leben tanzen, heute und alle Tage, die noch kommen mögen, für immer? Willst Du mit mir?", fragtest Du mich, und ja, Du hattest es gesagt, mit aller Klarheit, dass Du mit mir durchs Leben tanzen möchtest, dass Du dieses Spiel beizubehalten gedachtest, nicht mehr und nicht weniger als für immer.
"Ja, ich will mit Dir durchs Leben tanzen, möchte bei Dir sein, für immer.", antwortete ich, weil ich

glaubte, dass wir tanzen, aber auch zusammenkommen, weil ich glaubte, dass ich verstand was für immer bedeutet, wie ich - gekennzeichnet, gebrandmarkt von den Vorurteilen und Schnellurteilen der Jugend, - vieles zu verstehen meinte, wovon ich heute weiß, dass ich es nicht verstehe, ja immer weniger verstehe, in dem Moment, in dem ich mich hier, zu Dir auf die Bank setze, nicht mehr bereit Dein Spiel mitzuspielen. Nie mehr bereit. Ein Schritt vor, einer zurück, immer im Takt. Wiegeschritt. Der Tango kennt auch ein miteinander. Es war wohl Cha Cha Cha. Zwei spielende Kinder. Das Leben aber ist kein Spiel. Ich will nicht mehr spielen. Ich bin müde, nicht nur vom Spielen, nein, vor allem davon, das Spiel in das richtige Leben zu integrieren. Richtig ist ein Miteinander, ein Zugewandt, manchmal auch ein Abgewandt, ein Voneinander-Weg, aber nicht bloß einen Schritt, sondern so weit wie es notwendig ist, um einander wieder zu sehen, richtig zu sehen, um ein wirkliches Aufeinander-Zu wieder zu ermöglichen.

So sitze ich neben Dir, ohne Dich aus Deiner Abwesenheit zu holen. So wendest Du Dich mir langsam zu.

„Warum holst Du mich nicht?", fragst Du, und es klingt nach Kränkung und verletzter Eitelkeit. „Weil ich nicht mehr mitspiele. Weil ich nicht mehr tanzen will. Oder nicht nur tanzen will.", antworte ich wahrheitsgemäß

202

„Aber Du hast Du es versprochen. Weißt Du das nicht mehr?", fragst Du, und nun klang es wirklich beleidigt.

"Natürlich weiß ich es noch. Wie könnte ich das nicht mehr wissen? Wie könnte ich den Moment vergessen, in dem ich mich versprochen habe? Nur bin ich mittlerweile dahintergekommen, dass das Leben mehr ist, mehr als Tanz und Spiel. Teilhabe und Wahrhaftigkeit würde es ausmachen, und nicht sich darauf zu beschränken versuchen, nicht aus dem Takt zu kommen", sage ich Dir, und Du hörst zu, vielleicht.

„Dein Versprechen ist also nichts wert", entgegnest Du - und ich weiß, Du hast es nicht verstanden. Könntest Du denn verstehen?

„Mein Versprechen kann nichts wert sein, genau so wenig wie Deines, denn ich kann mich nicht für den Rest meines Lebens festlegen. Das ist Verrat an mir und an Dir", sage ich entsprechend.

„Aber mein Versprechen gilt. Du verstehst mich nicht, aber es ist auch egal, so lange Du nicht aus dem Takt kommst", sagst Du, und ich verlasse die Bank, dem Glitzern zu folgen und Dich Deinem Spiel überlassend, einem Spiel, das nicht mehr meines ist, und eigentlich niemals meines war.

* * *

Das Glitzern zieht weiter, das Glitzern der Blauen Blume. Es führt mich zu einer Bank. Zwei Gestalten nehme ich aus, die offenbar nicht ruhig sitzen können. Immer wieder hüpfen sie auf, hinter die

Bank, unter die Bank, verharren in kurzer Beobachtung, um wieder um die Bank herumzulaufen, wieder etwas Neues zu entdecken. Kurz halte ich inne, in Betrachtung dieses Treibens, das mir unwillkürlich ein Lächeln ins Gesicht zaubert. Nicht lange, denn sie entdecken mich, warten nicht ab bis ich weitergehe, sondern laufen auf mich zu, freudestrahlend. Zwei kleine Hände strecken sich mir entgegen.

„Komm mit, ich muss Dir etwas zeigen!", sagt der Junge.
„Nein, ich muss Dir etwas zeigen. Meines ist viel wichtiger und viel interessanter!", sagt das Mädchen.
„Aber ich habe es zuerst gesagt!", erwidert der Junge, und ich finde mich hin- und hergerissen. Keinen von beiden will ich bevorzugen, keinen von beiden zurücksetzen. Aber wie soll mir das gelingen.
„Aber meines ist dringender!" entgegnet nun das Mädchen, und unterstreicht ihre Aussage, indem sie den Zug an meiner Hand verstärkt.
„Ich will euch beiden gerecht werden. Doch wie soll ich das machen?", suche ich ihr Verständnis.
„Ich weiß was. Du schaust als erst bei mir, dann bei ihm zwei Mal, und dann nochmals bei mir. So kommt jeder ein erstes Mal dran", schlägt das Mädchen vor, und ich sehe zaghaft hinüber zu dem Jungen, der aber einverstanden zu sein scheint, denn er geht nun anstandslos mit zu dem Platz, an den uns das Mädchen führt. Hinter der Bank steht

204

eine hohe Weide, deren Äste bis zum Boden reichen. Vorsichtig schiebt sie einige Äste zur Seite um einen Zugang zu eröffnen in diese Höhle, geformt aus den Ästen der Weide, und dann sehe ich sie, direkt am Stamm der Weide, die Blaue Blume, in voller Pracht. Ich will hinstürzen, sie an mich nehmen, sie behalten, doch ich finde mich zurückgehalten.

„Nein, das darfst Du nicht!", sagt das Mädchen bestimmt.

„Warum nicht? Warum zeigst Du sie mir dann, wenn ich sie doch nicht haben kann?", frage ich irritiert.

„Weil sie nicht Dir gehört, und wenn Du versuchst sie zu nehmen, wird sie ihren Glanz und ihr Leben verlieren. Du darfst sie nicht halten. Sie lässt sich finden, wenn Du sie nicht halten willst", erklärt sie, und sie hat recht. Wie recht sie doch hat. Nicht halten, nur sich finden und sich öffnen lassen. So ist es mit dieser Blume und mit den Menschen in meinem Leben, doch schon werde ich wieder aus meinen Gedanken gerissen.

„Hast Du den Mond gesehen, den vollen, schönen Mond?", fragt mich nun der Junge, und führt mich aus dem Blätterdach weg.

„Natürlich habe ich ihn gesehen. Ich weiß ja, dass er am Himmel steht", entgegne ich.

„Weißt Du es nur, oder hast Du wirklich hingesehen?", bleibt er hartnäckig, und ich muss mir eingestehen, nicht zu Unrecht. Habe ich denn hingesehen? Habe ich wirklich die Augen aufgemacht, meinen Blick erhoben und ihn zentriert betrachtet? Unwillkürlich hebe ich den Kopf, folge der Richtung, in die sein Arm weist. Ja, jetzt weiß ich nicht nur, jetzt sehe ich. Wie neu, wie unvermutet ist die Welt, wenn ich sie sehe.

„Danke, dass Du mir wieder eröffnet hast, sehen zu können. Danke, dass Du mir eröffnet hast, dass Halten Sterben bedeutet", höre ich mich sagen, und erfahre mich selbst als offen sehend, und nicht mehr verharrend in meinem verschließenden Wissen.

„Dann können wir jetzt gehen", sagen sie, winkend, und schlagen einen Weg ein, der sich hinter der Bank eröffnet, ihren Weg, auf dem ich ihnen nicht mehr folgen kann. Lange sehe ich ihnen nach, bevor ich auf meinen Weg zurückkehre.

Der Antrag

Sie hatte es satt. Heute würde sie sich endgültig trennen. Tränen hin, Kummer her, das würde sie nicht mehr rühren. Aber warum sollte es ihr gerade heute gelingen? Mindestens drei Anläufe hatte sie bereits unternommen, und jedes Mal hatte er es geschafft, sie umzustimmen. Aus bloßem Mitleid hatte sie zuletzt immer wieder nachgegeben, weil sie ihn ja doch gernhatte und sie ja doch eine gute Zeit erlebt hatten. Wie aus dem Nichts tauchten in solchen Momenten immer nur die schönen Bilder vor ihrem geistigen Auge auf. Verdammt sollte ihre Erinnerung sein. All das, was sie so wütend machte, was ihr zeigte, dass diese Beziehung keine Zukunft hatte, war jedes Mal wie weggewischt. Und zuletzt nahm sie ihn in die Arme und stimmte zu, es nochmals zu probieren. Dann lachte er wie ein kleiner Junge, war aufgedreht und glücklich. Und sie wollte die Menschen glücklich machen, die sie gernhatte. Doch allzu bald schon fing alles wieder von vorne an. Er redete immer nur von sich und zeigte keinerlei Interesse an dem, was sie beschäftigte, so lange es nichts mit ihm zu tun hatte, war ignorant und dumm. Das war immer deutlicher zu Tage getreten. Selbst ihrem verliebten Hirn konnte das nicht länger verborgen bleiben. So war sie festentschlossen, auch noch, als er zur verabredeten Zeit erschien.

Eine kurze Umarmung, ein Küsschen auf die Wange. Dann wandte er sich auch schon den Kochtöpfen zu. „Was hast Du denn Leckeres gekocht?", fragte er. „Serviettenknödel und veganes Gulasch", erwiderte sie kurz, „Hör mal, ich habe großartige Neuigkeiten ...", fuhr sie fort, oder versuchte es zumindest. „Großartig", unterbrach er ohne weiteres Aufheben ihren begonnenen Satz, „Also ich sag Dir, da war wieder was los heute. Zuerst war die Sache mit der kaputten Toilette. Ich in den Baumarkt. Also so was von Inkompetenz, das kannst Du Dir nicht vorstellen ..." In dieser Art und Weise ging es weiter. Eigentlich kannte sie es, aber an diese Aufzählung von Nebensächlichkeiten würde sie sich nie gewöhnen. Obwohl sie sein Geplapper in gewisser Weise faszinierend fand. Wie konnte man sich nur so lange und so breit über Nichtigkeiten auslassen, ohne sich selbst zu langweilen? Und wenn schon das nicht, nicht merken, dass man den anderen damit auf die Nerven ging? Während er so vor sich hin schwafelte, deckte sie den Tisch und sie begannen zu essen.

„Ich muss mit Dir was Wichtiges besprechen", versuchte sie das Wort an sich zu reißen.

„Also und dann hat das nicht gepasst, stell Dir das mal vor ...", sprach er jedoch unbeirrt weiter.

„Würdest Du mir fünf Minuten zuhören?", war es nun an ihr, ihn rüde zu unterbrechen. Es war normalerweise nicht ihre Art, laut zu werden, doch sie hatte gar keine andere Chance.

„Ok, ich höre ja schon zu", versuchte er zu beschwichtigen. Selbst ihm schien zu dämmern, dass sie es tatsächlich ernst meinte.

„Wir sind ja jetzt schon einige Zeit zusammen", begann sie vorsichtig.

„Ja, fast zwei Jahre", warf er ein und schnitt sich ein Stück vom Serviettenknödel ab.

„Und ich muss Dir gestehen, dass ich mich nicht ...", sprach sie weiter, doch weiter kam sie nicht, denn sie wurde schon wieder unterbrochen.

„Autsch", sagte er laut und griff sich ungeniert in den Mund, aus dem er einen glänzenden Gegenstand beförderte. Verdattert sah sie ihm zu. Was war da bloß in ihren Serviettenknödeln gelandet? Eiskalt durchfuhr es sie, als sie erkannte, worum es sich handelte. Penibel säuberte er das Harte, auf das er gebissen hatte und besah es sich eingehend.

„Ich halte es nicht aus", entfuhr es ihm unwillkürlich, „Auf was für Ideen Du kommst! Ich habe ja schon immer gewusst, dass Du eine emanzipierte Frau bist, aber dass Du dafür so weit gehst, das wäre mir im Traum nicht eingefallen. Und dann noch so unkonventionell, in einem Serviettenknödel. Du machst mir einen Antrag!" Mit diesen Worten steckte er sich den Ring an den Finger, „Schau mal, er passt perfekt." Es fiel ihm noch nicht einmal auf, wie sie langsam verfiel. Normalerweise entfernte sie ihre Ringe immer, wenn sie im Teig wühlte. Diesmal hatte sie offenbar darauf vergessen. Er musste ihr vom Finger gerutscht sein.

„Und ich hatte schon gedacht, Du wolltest wieder mit mir Schluss machen und dann so eine Überraschung. Und ja, ich will Dich heiraten!", strahlte er sie an.

„Wie schön", erwiderte sie resigniert, „Das ist genau das, was ich wollte."

Und schuld war nur das Eis

Vorsichtig entwand er sich ihrer Umarmung, um sie nicht zu wecken. Doch seine Sorge war unbegründet. Sie rollte sich ein wie ein kleines Kätzchen. Wie ein Engel konnte sie aussehen, wenn sie so dalag in dem spitzenbesetzten, weißen Nachthemd, das er ihr geschenkt hatte. „Nur weil Du nichts Ordentliches hast", hatte er nicht vergessen dazuzusagen, als er es ihr übergab, und wenn er schon mit ihr übers Wochenende wegfuhr, dann sollte ihr Anblick sein Auge erfreuen. Damit erstickte er auch jede Möglichkeit sofort im Keim, dass sie sein Geschenk missverstehen konnte. Frauen neigen dazu. Das wusste er aus eigener leidvoller Erfahrung. Kaum gibt man ihnen den kleinen Finger, schon verschlingen sie einen mit Haut und Haaren, sogar die Veganerinnen. Deshalb hatte er es sich angewöhnt, ihnen sofort reinen Wein einzuschenken über seine wahren Motive. Aber er musste zugeben, es stand ihr ausgezeichnet. Für einen Moment verlor er sich in ihrem Anblick, als er sich endlich wieder darauf besann, dass er etwas zu erledigen hatte.

In der Nacht zuvor hatte sie erwähnt, dass sie Lust auf Eis hätte, unbändige Lust, aber sie hatten so lange geplaudert, dass es keinen Sinn hatte, noch ein Eis auftreiben zu wollen, aber jetzt, wo sie noch tief und fest schlief, da wollte er für sie eines besorgen, ein veganes. Das brauchte sie nicht zu wissen. Wenn er zurückkäme, mit einem Eis in der Hand, dann würde er ihr sagen, er hatte Lust gehabt auf einen Spaziergang, den er dann auch machte, und zufällig wäre er gleich um die Ecke an einem Eisgeschäft vorbeigekommen, in dem es noch zufälliger veganes Eis gegeben hatte, und wenn er schon mal da war, hatte er auch genauso gut eines mitnehmen können. So legte er es sich zurecht, während er durch die Straßen lief. Es war ein angenehmer Morgen, der einen ebensolchen Tag versprach, doch er hatte kein Auge dafür, denn es wollte sich partout kein veganes Eis finden lassen. Vielleicht war es auch eine schlechte Tageszeit, aber wenn er sich etwas vornahm, dann machte er das auch, komme was da wolle. Viele Straßenzüge weiter begann er langsam seinen Eigensinn zu überdenken. Normalerweise und vor anderen hätte er diesen als Konsequenz bezeichnet, dabei war es letztlich doch nur Eigensinn. Da kam ihm endlich die rettende Idee. Er bog in den nächsten Supermarkt ein und fand tatsächlich veganes Eis in der Kühlvitrine. Das war zwar nicht ganz das, was er sich vorgestellt hatte, aber sie würde es trotzdem zu schätzen wissen. Und er würde es dennoch nochmals wiederholen, dass das eher so nebenbei passiert war, und sie sich bloß nichts drauf einbilden sollte. Wirklich nichts.

Immer wieder schärfte er sich das ein, bis er endlich wieder beim Hotel anlangte. Das Eis in seinen Händen war noch heil, wie er sich vergewisserte. Zufrieden sah er wieder auf und erstarrte fast selbst zu Eis. Gerade noch konnte er mitverfolgen, wie ein großer, breitschultriger Mann um die Ecke bog, auf den Armen ein lebloses Etwas, das genauso ein Nachthemd trug, wie er es ihr geschenkt hatte. Das konnte nur sie sein. Und er musste mitansehen, wie sie von einem fremden Mann weggetragen wurde, während er das vegane Eis völlig unnötig gekauft hatte. Das konnte er sich nicht gefallen lassen. War auch teuer genug gewesen. Deshalb umfasste er die Eisstiele mit allem Nachdruck und nahm die Verfolgung auf. Die Zeit drängte. Die Sonne gewann immer mehr an Kraft, und das Eis in seinen Händen war unter diesen Umständen nur allzu vergänglich. Kein Mann lässt sich das gefallen, dass ihm so mir nichts Dir nichts die Frau aus dem Bett gestohlen wird – in welchem Verhältnis er zu ihr auch immer steht. Das ist unsportlich. Endlich hielt der Entführer an und legte sie ab, offenbar um die Türe zu einem Verließ aufzuschließen. Er sah seine Chance gekommen. Vorsichtig legte er das Eis ab und versetzte dem Entführer einen festen Tritt, als er gerade die Türe geöffnet hatte, so dass dieser, mit dem Kopf voran, hineinfiel. Rasch schloss und versperrte er die Türe hinter ihm. Mittlerweile war sie wieder zu sich gekommen. Er richtete sie auf der Bank auf und drückte ihr freudestrahlend das Eis in die Hand. Was für ein Glück, dass es noch heil war und er es nicht umsonst gekauft hatte.

Eine missglückte Entführung

Paul war ein guter Bub. So der Tenor der Tanten, deren Meinung ungemeines Gewicht hatte. Ebenso die der Großtanten. Es war eine Feststellung und ein Urteil. Denn Paul war und blieb ein guter Bub. So wuchs er heran, das Urteil mit sich tragend, bis er nicht mehr wuchs. Er hörte damit früher auf als seine Freunde. Dann bekam er auch noch eine Brille und sein Schicksal war besiegelt. Er wurde Buchhalter. Ein guter Bub eben, brav, zurückhaltend und bescheiden. Wie man es sich erwartet. Alle waren zufrieden, sodass Paul selbst auch meinte, er wäre zufrieden, wenn er frühmorgens, mit der obligatorischen Aktentasche unter dem Arm das Haus verließ und abends wieder heimkehrte. Wäre das alles gewesen, bräuchte man sich um Paul nicht weiters kümmern, denn sein Leben verlief ruhig und friktionsfrei. Nur war das noch nicht alles, denn Paul hatte eine geheime Leidenschaft. Die war so geheim, dass er selbst darauf vergaß, wenn er außer Haus war. Eine Outdoor-Amnesie sozusagen, aber sobald er in seinen vier Wänden war, fiel es ihm wieder ein und er frönte dieser Leidenschaft.

Pauls Leidenschaft waren Filme aus den 50er und 60er Jahren, alte Hollywood-Schinken, in denen Herren mit perfekt pomadisierter Frisur und tadellos sitzenden Anzug auftauchten und Damen mit ebenso straff sitzendem Haar, hübschen

Kleidchen und Pumps. Des Abends warfen sie sich eine Stola um und ließen sich die Autotür von ihrem Galan öffnen, was schon deswegen notwendig war, weil sie mit der einen Hand die Stola, mit der anderen das Hütchen halten mussten. Wie sie es dann noch schafften ihr Kleidchen beim Hineinsetzen ordnungsgemäß zu drapieren, das fand er nie heraus, denn das ließen die Filmemacher geflissentlich aus. Zusammengefasst lässt sich sagen, die Damen waren durchweg charmant und die Herren galant. Egal was sie machten, Krawatte und Hut saßen immer. Also saß Paul in seinem Wohnzimmer und sah sich diese Filme an. Nach ein paar Jahren der hingebungsvollen Ansehung konnte er sich getrost als Kenner bezeichnen.

Waren es zunächst unterschiedslos alle amerikanischen Filme aus diesen Jahrzehnten des vorigen Jahrhunderts, und derer gab es einige, so kristallisierten sich mit der Zeit bestimmte Vorlieben heraus. Oder besser gesagt, eine Vorliebe, die für ohnmächtige Damen. Einmal wollte er es erleben, dass eine Frau, so begann er zu träumen, in seiner Gegenwart in Ohnmacht fiel, er sie galant auffangen und mit sich nehmen konnte. In seinem naiven Denken schien es ausgemachte Sache zu sein, dass er die Dame quasi als Preis gewinnen würde. Zu der Metapher vom Jagdgewinn wollte er sich nicht versteigen. Aber wie auch immer man es sah, die Gelegenheit wollte und wollte sich nicht einstellen. Deshalb haderte Paul eines Abends, nach getaner Filmschau, mit dem Schicksal. Warum nur geschah dies in Filmen andauernd, aber nicht in seinem Leben? Natürlich war ihm bewusst, dass der Film eben nicht das Leben war, aber viele Komponenten überlagerten sich doch. Der Hader hielt an, als er schlafen ging, während der Nachtruhe, bis er mit einem Erkenntnis-Heureka beim ersten Hahnenschrei, pardon Weckerklingeln, auffuhr. Er musste doch einfach dem Schicksal ein wenig nachhelfen. Deshalb machte der gute Bub einen Plan. Wenige Tage später stand er, also der Plan, und Paul konnte sich daran machen, ihn in die Tat umzusetzen. Es war ein simpler Plan, denn umso einfacher, desto weniger Schwachstellen ergaben sich, wie er auch aus der Buchhaltung wusste. Er benötigte nichts weiter als einen Lieferwagen, ein Fläschchen Chloroform und ein Tuch. Was von Anfang an feststand, war das Ziel seines Anschlags, nämlich die Lisi aus der Personalabteilung. Jeden Morgen sah er sie, wie sie grazil über den Parkplatz trippelte und dieses des späten Nachmittags ebenso in entgegengesetzter Richtung wiederholte, immer zur gleichen Zeit. Zuverlässig wie die Uhr war sie, die Lisi und dabei so grazil und anmutig. Kurzum eine Frau, von der er sich vorstellen konnte, dass sie durchaus dazu in der Lage war, gleichzeitig eine Stola und ein Hütchen zu halten und ihr Kleid ansehnlich zu drapieren.

So konnte man an einem Freitagnachmittag beobachten, wenn man denn aufmerksam war, was die wenigsten Menschen in der großen Stadt von sich behaupten können, dass ein Lieferwagen mit geschlossenen Heckscheiben in jener Straße hielt, die die Lisi auf ihrem Heimweg passierte. Paul hatte alles genau durchdacht. Es konnte eigentlich nichts schiefgehen.

Paul saß im gemieteten Lieferwagen, im dunklen Innenraum und ging gedanklich den Ablauf abermals durch. Es wäre nicht notwendig gewesen, denn seit er seinen Plan gefasst hatte, hatte er ihn wiederholt vor seinem geistigen Auge ablaufen lassen, aber wie jeder gute Cineast weiß, war diese Vorgehensweise unabdingbar, denn das wichtigste ist immer die Planung. Diese sah vor, dass er in dem Lieferwagen saß, in dem Moment, in dem die Lisi diese Stelle passieren würde, die Türe aufginge, er hinausspringe, das chloroformierte Tuch in der einen Hand, die er ihr fachgerecht auf Nase und Mund pressen würde, um sie mit der anderen aufzufangen, sanft auf die Ladefläche legte, um sie dann mit nach Hause zu nehmen, wo sie erwachte und ihn als ihren Retter identifizieren würde. So der Plan. Er war perfekt.

Paul saß und hielt gebannt den Sekundenzeiger der Uhr im Blick. Da kam Lisi, wie gewohnt pünktlich aus dem Gebäude und schlug den Weg ein, den sie immer ging. Er verfolgte weiter den Zeiger. Er hatte genau berechnet, wie lange sie von der Haustüre bis zum Lieferwagen brauchte. Endlich war es so weit. Paul öffnete die Türe des Lieferwagens, sprang heraus und tatsächlich kam er direkt neben Lisi zu stehen. Er streckte bereits den Arm aus, um ihr das Tuch aufs Gesicht zu drücken, da geschah das völlig Unfassbare, da absolut unvorhersehbar. Eine rüpelhafte Gestalt mit breiten Schultern wollte offenbar partout zwischen ihnen hindurch gehen. Statt auszuweichen, verschaffte sich diese Person Platz, indem sie sowohl Paul als auch Lisi zur Seite schubste. Wie es Lisi nach dem Frontalangriff durch den Brachialkerl erging, konnte Paul nicht mehr sehen, denn er fiel in den Lieferwagen, wobei er sich die Hand schützend vor das Gesicht hielt. Leider war es die Hand, in der er das chloroformierte Tuch hielt. Zwei Atemzüge später war er selig entschlummert. Das Mittel hatte also funktioniert, doch das war Paul in dem Moment einigermaßen egal, wie auch vieles andere.

Als Paul erwachte, musste er sich natürlich zunächst orientieren. Wenn er bloß wüsste, wo er war? Hatte sich jetzt der Spieß umgedreht, da er vom Täter zum Opfer geworden war, zum Entführungsopfer? Da endlich wurde ihm bewusst, dass er in seiner eigenen Wohnung auf seinem Bett lag. Neben ihm saß die hünenhafte Gestalt. Auch diese erkannte er, doch es war kein Mann, sondern eine Mitarbeiterin aus der Verpackungsabteilung. Wirr stand ihr das kurze Haar vom Kopf, die breiten Schultern hatte sie gestrafft und saß irgendwie verloren da. Mit einem Mal vergaß Paul alle Damen in Kleidchen und Hütchen und Stola, vergaß die Rollenverteilung und die vorgegeben Aufgaben,

218

während er daran dachte, wie beruhigend es doch sein musste, sein müdes, alltagsgeplagtes Haupt auf solch einer breiten Brust, ruhen lassen zu können. War es ein Moment der Schwäche, der Selbstvergessenheit, der Konfusion? Paul wusste es nicht, aber er dachte auch nicht darüber nach. Wahrscheinlich wirkten die Chloroformdämpfe noch benebelnd auf seinen Verstand oder es führte dazu, dass sie seine geheimsten Wünsche freisetzten, so geheim, dass er sie selbst nicht kannte oder sie sich nicht einzugestehen wagte. Aber wie dem auch immer war, er setzte sich unvermittelt auf, den Schmerz und den Schwindel in seinem Kopf ignorierend, um seinen Kopf an diese breite Brust zu schmiegen. Im nächsten Moment hatten sich ihre Arme um ihn gelegt und hielten ihn fest, beinahe wie ein Wickelkind und er musste sich eingestehen, es fühlte sich an, wie bei Mama. Selig schloss er die Augen. Auf die süße, kleine Lisi hatte er völlig vergessen, während er die Geborgenheit genoss und die Umarmung. Mehr noch, alle Lisis dieser Welt konnten ihm gestohlen bleiben, mit ihrem Getue und ihren Zickereien. Eine echte Frau, so beschloss er, konnte mehr, viel mehr. Und warum sollte er sich mit einem Dämchen begnügen, wenn er eine echte Frau haben konnte, unverbraucht, stark und selbständig. Und Dana, so hieß sie, ließ sich das auch gerne gefallen. Schließlich gab es wenige Männer, die ihre Stärke nicht nur anerkannten, sondern sich darin auch noch wohlfühlten. Was für ein Glück, so schoss es Paul noch kurz durch den Kopf, dass der ach so perfekte Plan der Entführung, doch schief gegangen war.

Was man nicht halten kann, muss man loslassen

Ängste begleiten mein Leben, auch wenn ich mittlerweile gelernt habe, mit ihnen umzugehen, so gibt es doch eine, mit der ich nie richtig fertig wurde. Dies hängt mit der Konfrontationshäufigkeit zusammen, denn nachdem Frauen statistisch gesehen immer schmalbrüstiger werden, aufgrund der geänderten, vermännlichten Lebenseinstellung, durch diesen schrecklichen, antifemininen Aktionismus, wie ich mir sagen ließ, komme ich selten in die Gefahr dem Objekt meiner Angst zu begegnen, für die es noch nicht einmal eine anerkannte Phobie gibt, die vor großen Brüsten. Tiefen- und höhenpsychologisch ist dieser Umstand leicht erklärbar, denn ich hatte eine Tante, der ich oft zur Aufsicht übergeben wurde und deren mütterliche Fülle gravitätisch vor und um sich wallte. Das wäre noch nicht das eigentliche Problem gewesen, hätte sie nicht die fatale Angewohnheit gehabt, jeden herzen zu müssen, wenn sie sich emotional bewegt fühlte. Und sie fühlte sich oft emotional bewegt. Immer noch verfolgen mich diese Bilder, wenn sie die Arme ausstreckte, die Hände um meinen Rücken schloss und verkeilte, so dass es kein Entrinnen gab. Mein Blick, schreckverzerrt auf die Fleischberge, die sich näherten und zwischen denen mein kleines, unschuldiges Gesichtchen vergraben wurde, unerbittlich. Mir wurde schwarz vor Augen, als hätte mich das Leben selbst ausgespien zwischen das Sinnbild des Nährens und Versorgens. Klatschend pappten Mund und Nase auf feuchter, glitschiger Haut, die nach Knoblauch roch, unzureichend überdeckt von irgendeinem billigen Parfüm. Verzweifelt rang ich nach Luft, doch das führte nur dazu, dass ich mich noch fester anpfropfte. Mit der Zeit lernte ich deshalb das Atmen einfach sein zu lassen, so dass mich des Öfteren eine gnädige Ohnmacht erfasste, was die Tante endlich dazu bewegte von mir abzulassen. Sobald ich der Notwendigkeit, beaufsichtigt zu werden, entwachsen war, vermied ich es dieser Tante zu begegnen, so gut ich es vermochte, auch wenn ich es niemals wagte den eigentlichen Grund dafür zu nennen. Dieses Erleben lag zwar lange zurück, die Angst erstickt, begraben, erdrückt zu werden blieb.

Eines Tages hatte ich das große Vergnügen, einem großen Auditorium, bestehend aus einer zahlenmäßig mindestens zweistelligen Menge an Personen einen meiner subtilsten, wohl auch emotional tiefschürfendsten Texte vortragen zu dürfen. Atemlose Stille herrschte im Raum, während ich las, die nach Beendigung des Lesens sanft nachschwang. Sowohl meine Zuhörer als auch ich selbst bekamen Gelegenheit diese Schwingungen eine Weile auszukosten, durften uns verlieren in den Worten, doch noch vielmehr in den leisen, sanften Zwischentönen, einlassen auf das Ungesagte, Unsagbare zwischen den verzweifelten

Umschreibungen des letztlich Unbenennbaren. Und während ich so dastand, wohl auch den kleinen Staubflankerln nachsah, die sich in einem Lichtkegel zusammenrotteten, den uns die untergehende Sonne durch das Seitenfenster zukommen ließ, während meine Gedanken noch schweiften, hierhin und dahin, da brach der Applaus an, zunächst vereinzelt und verhalten, doch im Folgenden abschwellend und versiegend. Alles ist enden wollend. Ich ließ mich noch zu einer kurzen Verbeugung hinreißen, bevor ich meine Sachen zusammenpackte und dem Rand der Bühne zustrebte, als ich sie entdeckte. Ganz hinten hatte sie gesessen, so dass sie meiner Aufmerksamkeit bisher entgangen war, zum Glück, denn hätte ich sie früher wahrgenommen, so hätte ich wohl kein Wort herausgebracht, doch nun, ebenso wie meine Tante vor scheinbar unendlich langer Zeit, und doch in meinem Empfinden gerade eben erst, lag dieser Ausdruck von Bewegtheit und tiefster innerer Ergriffenheit auf ihrem breiten, gutmütig wirkenden Gesicht. Ich spürte es. Ich ahnte es, so dass ich reflexhaft, einen Schritt zurücktrat, als wenn es irgendeine Möglichkeit gegeben hätte dem Kommenden entfliehen zu können. Doch es war so unausweichlich wie die Durchführung des nächsten Atemzuges. Unerbittlich schritt sie auf mich zu, wallend, nicht nur das Haar, sondern auch die fleischlichen Ausbuchtungen, die ich auf mindestens Körbchengröße F schätzte. Mein Blick war starr darauf gerichtet, und sie kamen näher, immer näher. Noch einen Schritt trat ich zurück, doch da erklomm sie bereits das Podium, die Arme wie ausgestreckte Lanzen vor sich hertragend, lang ausgestreckt, nur ein Ziel kennend. Noch einen Schritt zurück. Sie stand nun vor mir. Ich versuchte weiter zurück zu weichen, doch ich stand bereits an der Wand an, und die gab nicht nach. Weder sie noch der Boden hatten ein Erbarmen. Ach, wie sehr hätte ich gewünscht mich von ihnen verschlingen zu lassen, doch sie zeigten sich hart und abweisend. Da lagen ihre Hände bereits auf meinen Oberarmen, die Finger gekrümmt, bereit mich an sich zu ziehen. Und ich sah mich schon zwischen den Fleischbergen begraben. Es würde das letzte Mal sein. Was für ein Tod. Ertränkt in Mütterlichkeit, doch mein Körper rebellierte, als wollte er das Unausweichliche immer noch nicht akzeptieren. Es war ihm ein Bedürfnis etwas zurückzugeben, etwas, das ich nicht hergeben wollte, doch letztlich siegte mein Körper und gab, gab alles was er zu geben hatte, und das Gegebene ergoss sich in einem Schwall über das ausladende Dekolleté, um von dort aus seinen Weg über das Kleid der Dame fortzusetzen, bis es die Schuhe erreichte, überzog sie von oben bis unten, überdeckte Knoblauch- und billigen Parfümgeruch, so dass sie von ihrem Vorhaben abließ und verdutzt an sich herabsah, ungläubig und verdrossen. Und ich, ich war zum ersten Mal in meinem Leben froh, dass ich meinen Appetit nicht gezügelt hatte, denn sonst wäre es mir nicht möglich gewesen, als Dank für alle erwiesenen Wohltätigkeiten, den überdimensionalen Milchdrüsen mein Abendessen zu überlassen.

Das Geständnis

„Meine liebe Luise", begann er, in gewohnt sachlichem Ton, der ihm eigentümlich war, so wie der tadellos sitzende Anzug im dezenten Grau oder Dunkelgrau und die stets blank geputzten schwarzen Schuhe, wobei er niemals versäumte, pünktlich um 17.00 Uhr die braunen Tagschuhe gegen die schwarzen Abendschuhe zu tauschen, obwohl er – nur nebenbei bemerkt – nie verstanden hatte wie man braun zu grau tragen konnte, „Ich denke, ich habe Dir etwas zu sagen."

„Mein lieber Anatol", entgegnete die Angesprochene lächelnd, während sie sich galant ihm zuwandte, die klugen grauen Augen zu ihm anhob ebenso wie ihr kleines Stupsnäschen, „Dann sprich nur frei von der Leber weg. Ich bin ganz Aufmerksamkeit."

„Nun, nun, das weiß ich, wie immer eben", entgegnete er zerstreut, „Nicht, dass ich das als selbstverständlich sähe, das darfst Du nicht denken, und dann ist es auch nichts, ich meine, was ich Dir zu sagen habe, was von der Leber käme, sondern eher ... nun ja ... von weiter oben."

„Oh Du hast einen klugen Gedanken, den Du mir mitteilen möchtest", wollte Luise ihm auf die Sprünge helfen, denn sie kannte seine Gedankengänge sehr gut und sie waren immer sehr aufschlussreich und bedenkenswert.

„Nun, nicht ganz so weit oben, eher zentriert, mittig, würde ich sagen", druckste er weiter herum.

„Nun, dass der Nabel höher sitzt als die Leber, gut, das wusste ich nicht, muss ich gestehen, aber nun ja, man lernt nie aus, ich auch nicht. Ist es nicht so, Anatol?", entgegnete Luise aufmunternd, da sie seine Verwirrung wohl bemerkte und versuchte, ihm auf die Sprünge zu helfen.

„Meine liebe Luise", begann er von Neuem.

„Mein lieber Anatol", entgegnete sie postwendend, „Aber das hatten wir doch schon, wenn ich mich recht erinnere?"

„Meine liebe Luise, lass mich ausreden und unterbrich mich nicht mehr", stieß er rasch hervor, um ihr nicht noch einmal Gelegenheit zu bieten ihn zu unterbrechen, „Wir kennen uns nun doch schon eine ganze Weile. Es müssen so ungefähr fünf Jahre sein."

„Fünf Jahre, zwei Monate, drei Wochen und fünf Tage", warf sie rasch ein, „Entschuldige, ich unterbrach Dich schon wieder."

„Was für ein ausgezeichnetes Gedächtnis Du hast, wirklich bemerkenswert", konnte er nicht umhin festzustellen, „Aber wie dem auch immer sein mag, ich denke, es ist höchste Zeit Dir zu erörtern wie es um mich steht, also um mich in Bezug auf Dich, also eigentlich um uns, obwohl das auch schon wieder zu viel gesagt ist, weil ich ja letztlich nur von dem sprechen kann, was in Bezug auf mich ist und dann sagst Du wie es im Bezug auf Dich ist und dann können wir die Conclusio daraus ziehen, die uns bezeigt wie es im Bezug auf uns ist. Also erst ich, dann Du und dann Wir. Ich denke, das wäre die rechte Vorgangsweise. Denn dann weißt Du

Bescheid, ich weiß Bescheid und damit eigentlich und im Grunde genommen, Wir.
Zugegebenermaßen, ein praktikabler Weg, denke ich, und dann denke ich noch, dass es nun an der Zeit wäre, nachdem wir uns schon so lange kennen ..." Er hielt inne, denn etwas hatte sich verändert.

Das Lächeln war aus ihrem Gesicht verschwunden, als sie sich nun erhob und entschlossenen Schrittes auf ihn zukam, verstummte ob dieser Eindeutigkeit der Annäherung. Seine Augen weiteten sich angstvoll und sein Mund wurde trocken. Ganz nahe kam sie ihm, doch er konnte nicht zurückweichen, da sie ihr Arme um seine Schultern schlang. Ihr Gesicht war knapp vor dem seinen, ihre Nasen berührten sich fast und er vergaß vor Schreck zu atmen.

„Ich liebe Dich", sagte sie, und das tat sie, einfach so, ohne irgendetwas, ohne herumzureden. Ganz einfach schienen diese Worte, wenn sie sie sprach, „Und Du liebst mich." Sie fügte es mit einer Selbstverständlichkeit hinzu, als wüsste sie genau wie es ihm ums Herz war, obwohl er noch nie ein Wort darüber verloren hatte.
„Zugegeben, es kommt der Nahe, also vielleicht sogar am allernächsten, oder es könnte sich auch decken ...", stotterte er tonlos.
„Sei doch einfach mal still!", unterbrach sie ihn rüde, und um ganz sicher zu gehen, dass er nicht weiter reden könne, drückte sie ihre Lippen auf seine.

Das Drama mit dem „Happy End"

Jede Geschichte beginnt mit dem ersten Satz.

So banal diese Einsicht auch sein mag, so verbissen wird an diesem gefeilt. Nicht, dass irgendjemand auf die Idee käme eine Geschichte nach dem ersten Satz zu beurteilen, doch es könnte ja immerhin trotzdem sein, trotzdem. Zu diesem Zeitpunkt, zu dem der erste Satz formuliert wird, gibt es den Rest der Geschichte zumeist schon fix fertig im Kopf. Nachdem es nach wie vor nicht möglich ist diesen Rest einfach heraus zu scannen, muss sie wohl oder übel geschrieben werden. Es geht recht glatt von der Hand, Szene reiht sich an Szene, und die Protagonistinnen spielen brav mit, wie Marionetten an der Schnur. Wenn die Autorin beschließt, dass sie nach links gehen, dann gehen sie nach links. Und wenn sie will, dass sie nach rechts gehen, dann gehen sie nach rechts. So ist es vorgesehen, und so geschieht es auch. Irgendwann liegt dann die Geschichte fertig ausformuliert vor. Nein, nicht fertig, denn plötzlich stockt die Feder und die große, bisher ungestellte, da tunlichst vermiedene Frage steht gespenstisch im Raum, grinst unter dem schwarzen Umhang, der sie unkenntlich machen soll, hämisch hervor. Es ist nun an der Zeit Schluss zu machen.

Doch wie soll dieser Schluss aussehen?

Immer noch und trotz aller Lebenserfahrung, oder vielleicht gerade wegen der Lebenserfahrung, wünschen sich wohl die meisten so etwas, was sich als „Happy End" bezeichnen ließe. Wenn ein Schwerkranker Genesung findet, eine angesagte Katastrophe doch nicht stattfindet oder das Opfer, das in letzter Sekunde aus den Klauen des eiskalten Killers, gerettet wird, das ist alles wunderbar. Aber was ist mit dem „Happy End" bei einer Geschichte, die sich mit zwischenmenschlichen Belangen beschäftigt? Sollen sie sich finden, die beiden, nach langen Um- und Irrwegen, auf dass sie sich den Rest ihres Lebens, selig lächelnd, Hand in Hand, lustwandelnd ergehen? Ist das denn wirklich ein „Happy End"?

Das kann nur der Schluss ein, und vor allem das Ende, in jeglicher Hinsicht. Natürlich, es ist schön das Buch wieder aufzuklappen, nach fünf, zehn oder 20 Jahren, um nach wie vor zu lesen, „Sie lebten glücklich und zufrieden" (dahin und dahin und dahin), seufzt kurz und lässt sie in ihrem Glück, zu dem sie durch dieses „Happy End" verdammt sind, wieder alleine. Sollen die doch sehen wie sie damit fertig werden. Beneidenswert und trügerisch zugleich. Die beiden, die händchenhaltend, die Blicke ineinander verloren, auf einem Bänkchen sitzen, am idyllischen Waldesrand, am besten noch mit einem Sonnenuntergang im Hintergrund, den die beiden natürlich nicht sehen können, da sie ja nur Augen füreinander haben, bleiben für immer. Welche starke oder simple Natur, die das aushält.

Wer mag da nicht hoffen, dass Beckett sich erhebt und schnell noch etwas dazu erfindet.

Sonnenuntergang und Sonnenuntergang und Sonnenuntergang. Die beiden sitzen mittlerweile weitab voneinander, jeder am äußersten Ende der Bank, von der die Farbe längst abgeblättert ist, während der Wald gerodet, die freie Fläche zubetoniert wurde.
„Aber wir hatten ein ‚Happy End'", hören wir vom einem Ende der Bank.
„Die anderen vielleicht, aber wir sind hier gefangen, und haben nicht einmal einen Herrn Godot, auf den wir warten könnten.", tönt es vom anderen Ende der Bank zurück.

Dann doch lieber kein „Happy End"? Oder sieht ein „Happy End" vielleicht überhaupt ganz anders aus?

Wir lösen den beckettschen Knoten wieder auf und entlassen ihn, zurück in seine wohlverdiente Ruhestatt. Lieber Kafka, doch da verirren sich meine Protagonistinnen im Labyrinth des Lebens auf dieser Bank, und wir finden sie zum Schluss nicht wieder.

Der einfachste Ausweg aus diesem „Happy End"-Dilemma wäre doch, sie gar nicht erst zusammenfinden zu lassen. So bleibt ihnen eine Aufgabe, quasi eine Lebensaufgabe, ewig unerfüllt und vorwärtstreibend. Das würde nicht nur die Möglichkeit eröffnen einen Serien-Roman zu kreieren, in dem unsere Protagonistinnen immer nahe zusammengeführt werden, um sie letztendlich doch nie zusammen kommen, sondern sie in der Nicht-Erfüllung ihre Erfüllung finden zu lassen. Sie können weiterhin davon träumen wie schön es sein könnte – ohne es je an einem tatsächlichen Ereignis verifizieren zu müssen. Doch könnte die Autorin das wirklich auf längere Sicht verantworten? Drängt es nicht geradean dazu, dieser ständigen Jammerei endlich ein Ende zu setzen, bevor sie in ihrer Trostlosigkeit fett oder promiskuitiv oder er zum Säufer oder zum Superheld wird? Also wieder zurück an den Anfang.

Letztendlich und nach all diesen tiefschürfenden Überlegungen kann es nur eines geben, nur eine einzige Option, die bestehen bleibt, die das Ende zwar tragisch aber bei genauerer Betrachtung, doch happy bleiben lässt, das „Romeo-und-Julia-Happy-End". Schließlich enthält es alle Komponenten, die notwendig sind: Sie kommen zusammen, die beiden, erleben einige, wenige wunderbare, tiefe, erfüllende Stunden des Miteinander. Gerade so viele, dass sie das Gemeinsam genießen können und auch noch die lichtvollsten Zukunftspläne erträumen können, bevor sie hocherhobenen Hauptes Abschied von der Lebensbühne nehmen dürfen. Niemals werden wir erfahren wie Julia sich mit fünf Kindern abplagen müsste und Romeo immer seltener nach Hause käme, weil der die ständige Quengelei und Jammerei nicht mehr aushielte. Für immer bleiben sie uns als jung, unverbraucht, verliebt und voller Träume in Erinnerung. Das, ja das ist das optimale „Happy End". Und was lernt die Autorin daraus, aus diesen wunderbaren Einsichten? Lässt sie ihre Protagonistinnen zusammenkommen, um sie dann einfach jung und unverbraucht sterben zu lassen? Hält sie sich an ihre eigenen, weisen, gründlich durchdachten Ratschläge? Oh, contraire. Sie hat sich dazu entschlossen sie doch zusammenkommen zu lassen. Schließlich hatten sie es so gewollt, die beiden, hatten die Autorin angefleht, ja, geradezu angebettelt. Gut, sie sollen ihren Willen haben, die beiden, und dann greift die Autorin zu dem letzten, ihr verbleibenden Mittel, dem, die Geschichte an dieser Stelle enden zu lassen. Sollen sie doch sehen wie sie miteinander zurechtkommen. Sollen sie doch auslöffeln, was sie sich durch ihr eigenes Wollen eingebrockt haben. Und schon ist es passiert, das klassische „Happy End".

Weitere Bücher der Autorin

Der alte Revoluzzer, das junge Mädel und die Schweine

Ein alter Revoluzzer, dem die revolutionären Herausforderungen, ein junges Mädel, dem Heim und Perspektive und ein junger Bursche, dem der Bezug zu <u>Menschen</u> abhanden gekommen sind, finden durch <u>Zufall</u> <u>zueinander,</u> zu einer Gemeinschaft und gleich mehreren Aufgaben. Wird es ihnen gelingen, die Fabrik und deren Arbeitsplätze, zwei Menschenleben und die Schweine aus einer miserablen Haltung zu retten? Und alles begann damit, dass zwei kleine Ferkel gerettet bzw. gestohlen wurden, je nach Sichtweise. Auf jeden Fall setzen sie alles, was in ihren Kräften steht, daran, diese Herausforderungen zu bewältigen.

ISBN: 979-8859053322
193 Seiten   € 14,--/

Jäger töten!

Ein Volksbegehren für ein Bundesjagdgesetz läuft, denn bisher lag die Kompetenz für die Jagd bei den Bundesländern in Österreich. Das bedeutet, neun unterschiedliche Jagdgesetze für so ein kleines Land mit unterschiedlichen Schonzeiten und Gesetzen. Ein Bundesjagdgesetz würde den Wildwuchs eindämmen und auf völlig neue Füße stellen. Die Jagd müsste sich an ökologischen Maßstäben messen lassen. Das sehen die Jäger*innen naturgemäß mit großer Sorge und erwägen dagegen vorzugehen. Eine Strategie besteht darin, einen jungen, unverbrauchten, glaubwürdig erscheinenden jungen Jäger als Aushängeschild für die Erhaltung der Provinzialität des Schießens zu gewinnen. Dieser erscheint im Büro des Jagdlandesobermufti, um sich unterrichten zu lassen, wie er mit den verschiedenen Themen umzugehen hat. Im Laufe dieses Gesprächs kommen die ernsten Bedenken des Altjägers zum Ausdruck, doch das ist nicht die Art, wie man sich in der Öffentlichkeit präsentieren kann, denn da will man als Heger und Pfleger auftreten, die nur im äußersten Notfall und wenn es unbedingt sein muss, schießen. Doch ist der junge Mann tatsächlich der, der er zu sein vorgibt?

Jäger töten ist ein Buch, in dem die verschiedensten Gespräche und Aussagen von Jägern, die die Autorin geführt bzw. gehört hat, zu einem transparenten Bild zusammengeführt. Von Schonzeiten, dem Abschuss von Haustieren oder für die Jagd gezüchteten Tieren, den grausamen Jagdmethoden wie Baujagd oder Drückjagd, die vorsätzliche Vernichtung von sog. Raubzeug bis hin zur eigenständigen Bejagung von geschützten Arten kommen viele Themen vor, die wohl so nicht für die Öffentlichkeit bestimmt sind.

ISBN: 978-3711509598
60 Seiten   € 18,--/€ 12,--
234

Das Veganisier-Schild

Stell Dir vor, Du schlenderst so die Fußgängerzone entlang und hast wenig, also eigentlich genaugenommen nichts vor, weil Dich Dein*e Freund*in verlassen hat und Du einen freien Tag hast und plötzlich wirst Du <u>vegan</u>? Nein, so einfach war es nicht, aber so ähnlich, was Lukas, mit Spitznamen Luke passiert ist. Luke traf einen alten Schulfreund, der ihn bat, das Schild, eine Zeitlang für ihn zu übernehmen. Also tat es Luke. Dann stand er da, zunächst, ohne zu wissen, was auf seinem Schild stand. Die Reaktion der Menschen war spannend. Immer wieder kamen welche auf ihn zu, um ihm das eine oder andere an den Kopf oder wo auch immer hinzuwerfen. Andere wiederum stellten ihm Fragen. Erst als Florentina, kurz Flora, zu ihm kam, um ihm einen Kaffee mit Hafermilch zu bringen, wagte er es, nach der Aufschrift zu fragen. Da erfuhr er, dass auf dem, was er präsentierte zu lesen war: „Vegan ist das Beste für die <u>Tiere</u>, die Umwelt und Dich selbst. Ändere meine Meinung!" Jetzt war Luke selbst allerdings nicht vegan, aber wildentschlossen sich für das einzusetzen, was er der <u>Welt</u> verkündete. Eigentlich musste er nur seinen gesunden Menschenverstand zu bemühen, um die Vorwürfe zu entkräften und die Fragen zu beantworten. Er selbst begann immer mehr einzusehen, dass es stimmte, was auf dem Schild stand, zu dem er gekommen war, wie die Jungfrau zum Kinde. Trotzdem war er sehr froh, dass ihm Flora zur Seite stand, denn sie war bereits ethisch motivierte Veganerin. Zuletzt gibt er das Schild zurück und ging mit Flora davon. Wird Luke wohl nun vegan werden? Die Antwort findest Du im Buch.

ISBN-13: 978-3711509598
60 Seiten   € 18,--/EK € 12,--

Ungezähmt. Anleitung zum Widerstand

Zoe schließt ab, mit ihrem bisherigen Leben und einer fragwürdigen Wohlanständigkeit, von der sie sich in Ketten legen ließ. Wie ein junger Morgen, unberührt und jungfräulich, liegt ihr neues Leben vor ihr. Es gibt für sie keinen vorgegebenen Weg mehr, sondern nur den, den sie für sich ebnet und der sie zu ihrer Berufung und zur Liebe führt, zu Begeisterung und Leidenschaft, zu einer Art der intensiven Lebensbejahung, die sie bisher nicht kannte. Dabei stellt sie Regeln und Vorgaben in Frage und lässt nur mehr jene gelten, die dem Sinn des Lebens dienen, lebendig zu sein. Zahlreiche Begegnungen lassen sie wachsen, schenken ihr neue Einsichten und Erkenntnisse. Ihr Abschluss geht nahtlos über in einen Neuanfang, der ihr zeigt, wie viele, bisher sorgfältig versteckte, Kräfte in ihr schlummerten.

Wir dürfen Zoe auf ihrem Weg vom kleinen, braven Mädchen hin zu einer starken, selbständigen Frau begleiten, die sich ihrer selbst und ihrer Fähigkeit zu leben nicht nur bewusst wird, sondern sie auch umsetzt.

ISBN-13: 978-3752626353
332 Seiten   € 15,--/EK € 8,--

236

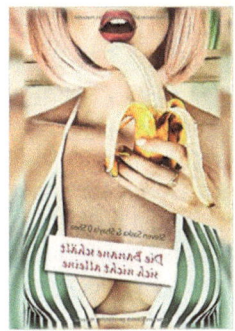

Die Banane schält sich nicht alleine

Über die wichtigste Nebensache der Welt wurde schon immer geschrieben. Waren es zu Beginn ausschließlich männliche Autoren, die sich in diesem Genre eifrig bewegten, wurde es in den letzten Jahren immer mehr zur weiblichen Domäne. Dabei sind die weibliche und männliche Sicht gänzlich andere. Statt nun weibliche erotische Literatur für Frauen und männliche für Männer zu schreiben, haben sich die Autor*innen für den dritten Weg entschieden, für eine Symbiose. Die Erfahrungen einer erfüllten, sexuellen Begegnung auf wertschätzendem Niveau werden aus weiblicher und männlicher Sicht geschildert, derart, dass das Erleben sich zu einer Ganzheit vereint, so wie es auch körperlich geschieht. Wird in manch anderem Werk die Unterwerfung der Frau und die Bindungslosigkeit des Mannes apodiktisch und antiquiert heraufbeschworen, geschieht hier die Begegnung auf Augenhöhe, gekennzeichnet von Gegenseitigkeit, einem Fallenlassen und Annehmen. Dabei gibt es keine festen Rollenzuweisungen, sondern sie changieren fließend. Unterliegend, ohne unterlegen zu sein, obenauf sein, ohne zu beherrschen. Damit wird zu einem Buch, das die vierte Welle des Feminismus repräsentiert, in dem die Gräben geschlossen und das Anderssein des anderen als Erweiterung gesehen wird. Mit Dir bin ich mehr als ohne Dich, lautet die Botschaft, verpackt in eine Geschichte voller knisternder, niveauvoller Erotik.

ISBN-13 : 978-3744893831
184 Seiten   € 22,--/EK € 11,--

Kinder weinen leise

Kinder, die nicht gehört werden, weinen leise, bis sie ganz verstummen. Kinder, die Verlassenheit, Gewalt und Missbrauch erfahren mussten. Sie verkriechen sich in sich selbst und schließen die Türe nach außen, oft für immer – doch Utopien von einem besseren Leben sind möglich, nicht an einem Ort, sondern in einem Du. Tristan und Isolde, das ungleiche Zwillingspaar, wachsen in der Vorstadt auf, missbraucht die Verlassenheit der Mutter zu kompensieren. Über viele schmerzliche Stationen gelangen sie nach Messianias, dem Ort einer verwirklichten Utopie, die ein gelungenes Miteinander darstellen soll. Doch sehr bald durchschauen sie die Machenschaften und Intrigen. Isolde macht sich diese zu Nutze, wohingegen Tristan das Schlechte hinter sich lässt und mit Hilfe von Nele findet er zu einem geglückten Leben. Vielleicht der Ausgangspunkt die Spirale aus Gewalt und Missbrauch endlich zu durchbrechen.

ISBN-13: 978-1493739967
394 Seiten   € 16,40/EK € 8,--

DIE HEILERIN

DANIELA NOITZ

Die Heilerin

Nastasja, die sich aus dem pulsierenden Leben der Stadt an den Waldrand zurückgezogen hat, wird, in diesem kleinen Dorf als Hexe verschrien, fast das Opfer eines Anschlages, wäre da nicht Geri, der sie aus den Flammen rettet. Gemeinsam suchen sie sich eine neue Bleibe und finden diese in einer verlassenen Hütte im Wald.

Eines Tages finden Nastasja und Geri Nathanel schwer verletzt neben seinem kaputten Auto. Nastasja gelingt es seine körperlichen Wunden zu heilen, doch da ist eine Krankheit, die viel tiefer sitzt. Als nun Nathanael, von Unruhe getrieben, in sein altes Leben zurück flieht und kurz darauf Nastasja überfallen wird, beschließt sie der Sache auf den Grund zu gehen, auch mit der festen Absicht Nathanaels Geist zu heilen. Ein packender Roman rund um die Abgründe des menschlichen Geistes, aber auch um die Heilkräfte eines tätigen Miteinander und aktiven Verstehens.

ISBN-13: 978-1493548378
210 Seiten   € 12,60/EK € 6,--

Die Pianobar

Immer schon war Anna Marx davon überzeugt, dass Bücher ihr Leben verändern würden, als ihr eines Tages bei einem ihrer Streifzüge ein Buch in die Hände fällt, das ein ganz besonderes Geheimnis beherbergt. Es ist handschriftlich verfasst und erzählt eine ganz außergewöhnliche Lebensgeschichte.

Anna Marx und Karl Bonai, ihr bester Freund, vertiefen sich in die Geschichte, lassen sich erfassen und mitreißen. Über diese Geschichte beginnen sie nicht nur ihre eigene Geschichte zu hinterfragen und ihren Umgang miteinander, sondern auch die Sprachlosigkeit zu erleiden, die so oft zwischen Menschen herrscht und selbst die intensivsten Freundschaften zu zerstören vermag. So kamen auch die Helden der Geschichte aus dem Buch auseinander, doch Anna und Karl wollen sich nicht damit abfinden, dass alles verloren sein soll. Nach zwanzig Jahren unternehmen sie einen Versöhnungsversuch. Wird ihr Unterfangen erfolgreich sein?

ISBN-13: 9783734768125
184 Seiten   € 9,80/EK € 5,--

240

Der Weg ist das Ziel ist der Weg

Es war einmal, dass ich von einem Haus träumte, von einem sonderbaren Haus, denn es war rund und lag an einer einsamen Straße. Es war einmal, so beginnen normalerweise nur Märchen, doch als ich in dieses kleine, verschlafene Nest in Irland kam, da war es plötzlich Wirklichkeit.

Lange schon träumte ich einen anderen Traum, den nach Irland zu reisen, und das Land, voller Mystik und Geheimnisse, zu entdecken. Endlich bot sich die Gelegenheit zu einer Pilgerreise – und ich ergriff sie, ohne zu wissen, was auf mich zukam, worauf ich mich einließ. Ich trat sie an und kehrte auch wieder zurück – doch ich war nicht mehr die, die ich zuvor gewesen war.

Ein Erlebnisbericht von einer, die auszog das Fremde zu erleben, um doch letztlich wieder auf sich selbst zurückgeworfen zu sein, nur ein wenig anders als zuvor – und das Haus aus dem Traum war eine Türe aus dem Gestern ins Morgen.

ISBN-13: 9783738607758
208 Seiten   € 9,99/EK € 5,--

Niemand weiß, wohin es ihn trägt

Fünf Hundeschicksale werden erzählt, alltäglich und banal, denn so oder zumindest so ähnlich geschehen sie tagtäglich fast überall auf der Welt. Der Missbrauch, die Misshandlung oder die Verelendung von Hunden ist noch alltäglich, aber das muss es nicht bleiben. Fünf Schicksale, die vielleicht irgendwann nur mehr in Geschichten aus früheren Zeiten existieren – das wäre meine Hoffnung.

ISBN-13: 9783739201030
200 Seiten   € 9,90/EK 5,--

Die Zauberfeder

Nichts wünscht sich Rebekka mehr als diese ganz besondere Feder, die sie in der Auslage gesehen hat, doch ihre Mutter hat ganz andere Pläne mit ihr. Anstatt weiter ihrer Leidenschaft, dem Schreiben, nachzugehen, soll sie ihren Platz in der noblen Gesellschaft einnehmen und sich vor allem gut verheiraten.

Doch da hat Rebekkas Großmutter auch noch ein Wörtchen mitzureden, denn Rebekka ist zu nichts weniger als zur Rettung der gesamten Literatur ausersehen. Gemeinsam mit ihren Freunden, Peter und Bertha, macht sie sich auf den vermeintlichen Feind, Zoticus, zu besiegen. Als einzige Waffe steht ihr diese besondere Feder zur Verfügung, die nichts weniger vermag, als Geschichten, die mit ihr geschrieben werden, Wirklichkeit werden zu lassen. Sollte das genügen, um den Feind zu besiegen und die Literatur zu retten? Ein spannendes Abenteuer, das nur mit Hilfe guter Freunde und der Kraft der Phantasie bestanden werden kann.

ISBN-13: 978-1482301533
372 Seiten   € 15,54/EK € 8,--

Die Nelke ist auch nur im Licht rot

Revolutionen, im Sinne von radikalen Umstürzen, gab es schon immer. Doch wann hat es begonnen? Wo könnte man sagen, es gab einen Einschnitt, der alles veränderte und massive Auswirkungen auf die weiteren Entwicklungen nahm. Gerne wird auch die Frage gestellt, ob denn eine Revolution erfolgreich war oder nicht. Es erscheint wie ein Reflex zu sein, dies wissen zu wollen, denn irgendwie sollten die vielen Opfer, die Revolutionen mit sich bringen, fast immer, denn auch da gibt es Ausnahmen, gerechtfertigt werden. Alles umsonst, heißt es, wenn eine Revolution scheitert. Allerdings halte ich das für zu kurz gegriffen, denn selbst wenn eine Revolution blutig niedergeschlagen wird, das Pendel in die andere extreme Richtung ausschlägt, ist doch eine Veränderung mit den Menschen vorgegangen. Deshalb ist die wirkliche Frage, welche Ereignisse kennzeichnen einen Bruch, der das Bisherige in Frage stellt und verändert. Deshalb verorte ich den Beginn dort, wo tatsächlich zum ersten Mal dieses Wort verwendet wird, historisch gesehen, bei der Neolithischen Revolution vor ca. 10.000 Jahren, also der Sesshaftwerdung des Menschen, mit der tatsächlich radikale Veränderungen einhergingen, die bis heute fortwirken.

Als nächstes wesentliches Ereignis erachte ich die sog. Kopernikanische Wende 1543, in der der Mensch seine Vormachtstellung verlor, weil er akzeptieren sollte, er ist nicht mehr der Mittelpunkt des Universums. Eine weitere fundamentale Wende findet sich durch die „Industrielle Revolution", beginnend im 19. Jhdt., die die Gesellschaft auflöste und neu zusammensetzte. Der Mensch begann danach um seine Freiheit zu kämpfen und um ein gelungenes Miteinander, wie in der Französischen Revolution 1789, der Märzrevolution 1848 in Deutschland, der Pariser Commune

1871, der Mexikanischen Revolution 1910, der
Oktoberrevolution 1917 in Russland, der Novemberrevolution
1918 in Deutschland, der Julirevolution 1925 in Ecuador, das
Ende der Demokratie in Österreich 1934, dem Spanischen
Bürgerkrieg 1936 und der Nelkenrevolution 1974. Abseits von
den Umständen, gab es unter all den Ereignissen etwas
Verbindendes? Es waren der Stein und die Nelke, Symbole für
Gewalt und Hoffnung

Der Stein des Anstoßes, des ersten Mordes, der alle anderen
nach sich zog, wird weitergereicht, durch die <u>Geschichte</u>. Der
Stein selbst ist indifferent. Lässt sich nutzen für die
Unterdrücker und die Unterdrückten. Immer wieder, bis er
sein Grab findet in der Gleichgültigkeit, der Bequemlichkeit
des Jetzt. Begleitet immer von der Nelke, die blüht, als Zeichen
der Hoffnung, allem und jedem zum Trotz. Vielleicht auch eine
kleine Geschichte der Revolutionen, willkürlich und
persönlich in ihrer Auswahl. Nicht aber der Stein und die
Nelke.

ISBN-13: 9783752813470
180 Seiten   € 18,--/EK € 12,--

Geschichten über die Liebe und andere Absonderlichkeiten

Beziehungen sind wie Blumen. Der Same wird in der Begegnung gelegt, sie wächst, knospt, blüht, verblüht und vergeht.
Diesen Bogen von der ersten Samenlegung bis zum Vergehen spannen die Geschichten über die Liebe und andere Absonderlichkeiten.

ISBN-13: 9783752813470
180 Seiten   € 14,90/EK € 7,--

Tiergeschichten

Jede einzelne dieser Tiergeschichten ist ein Plädoyer dafür, dass Begegnungen immer auf Augenhöhe geschehen müssen, in der wir das Gegenüber, ganz gleich welcher Spezies es angehört, so annehmen, wie es ist. Und dass es für nicht-menschliche Tiere manchmal nicht leicht ist, die Menschen zu verstehen. Das ist wohl leicht nachvollziehbar, denn Menschen sind sehr komisch, im besten Fall. Meistens jedoch grausam und unerbittlich, wo sie sich überlegen fühlen. Gerade deshalb zeigen diese Geschichten auf, wie bereichernd es sein kann, voneinander zu lernen und miteinander zu sein.

ISBN-13: 9783750493049
308 Seiten   € 16,--/EL € 8,--

Zweisprache

Zwei Menschen – sachte tastend, annähernd, sich einfühlend. Mit Bedacht. Behutsamkeit.
Zwei Menschen – ganz alltäglich, und doch so tief und unergründlich wie der Ozean.
Zwei Menschen – sich verwirrend, entwirrend, verschlingend, erfüllend und bereichernd.
Zwei Menschen – nichts weiter, und doch die ganze Schöpfung in sich abbildend, vom ersten Moment bis zu ihrer Vollendung.
Zwei Menschen – aus der Unbenanntheit in die Namhaftigkeit hebend, dass sie sich werden, in der Begegnung, die Einzigartigkeit erblühen lassend.
Zwei Menschen – im Blick, im Wort, im Sein.
Zwei Menschen – Zweisprache.

ISBN-13: 9783746099606
88 Seiten   € 9,90/EK € 5,--

Fantastische Erzählungen

Geschichten, die am Rande der Realität angesiedelt sind oder mitunter diesen Rand überschreiten, hinein ins Fantastische, sind in diesem Buch vereint. Egal ob es sich um sprechende Raben und Wölfe, übersinnliche Eingebungen oder die legendären Wolpertinger handelt, alle bekommen ihren Platz in diesen Geschichten.

ISBN-13: 979-8862277555
88 Seiten   € 14,90/EK € 8,--

Lebensbilder

Wenn Geschichten & Bilder sich ergänzen, dann entstehen Lebensbilder. Daniela Noitz & Roberto Muffoletto erfüllen mit diesem Buch in ansprechender, ästhetischer Weise den Anspruch nach einer symbiotischen Verbindung zwischen verbalem und visuellem Ausdruck. Darin drückt sich auch die Sehnsucht nach Verbundenheit aus, die wir in uns tragen, aber so selten erfüllt finden. Sehnsucht nach einem Ort, der Heimat heißt, nach Geborgenheit und dem kleinen Glück mitten im Alltag, Sehnsucht nach den Menschen, die sich uns so oft entziehen und die wir doch immer wieder aufs Neue zu erreichen versuchen. Es ist damit auch ein Buch, das Hoffnung schenkt, denn es zeigt, dass es diese Verbundenheit geben kann, wenn wir es zu- und uns einlassen.

ISBN-13: 9783741280894
84 Seiten   € 19,90/EK € 11,--

Zwischen Dir und mir – Geschichten von Begegnungen

Ich habe mich zurückgezogen, in meine Welt der Nacht. Hier erwarte ich Dich, und ob Du kommst oder nicht, hier erzähle ich Dir meine Geschichten – erzähle Dich mir. Hier erzählst Du mir Deine Geschichten – Du Dich mir. Hier erzähle ich Geschichten, reale und fiktive, erlebte und geträumte, erfundene und zugeflüsterte. Hier erzähle ich von all den Wundern der Nacht und des Lebens. In diesem Buch sind die besten Nachtgeschichten vereint. Geschichten über das Miteinander, über Dich und mich, über die Liebe und das Leben, aber auch über den Schmerz und das Leid, die Trauer und das Getrennt-Sein, über Abschied und Neubeginn.

ISBN-13: 978-1482310504
170 Seiten   € 10,49/EK € 5,--